DIX JOURS EN ÉTÉ

Joris BERT

Dix jours en été

© Éditions Les 3 Colonnes, 2023

Pour tout contact :

Éditions Les 3 Colonnes
72 rue du Faubourg Saint-Honoré
75008 Paris
www.lestroiscolonnes.com

Le Code de la propriété intellectuelle interdit les copies ou reproductions destinées à une utilisation collective. Toute représentation ou reproduction intégrale ou partielle faite par quelque procédé que ce soit, sans le consentement de l'auteur ou de ses ayants cause, est illicite et constitue une contrefaçon sanctionnée par les articles L 335-2 et suivants du Code de la propriété intellectuelle.

On frappe à la porte. Mike Feldron n'est pas une personne comme les autres, puisque nul n'est comme tout le monde. Cependant, grand nombre d'entre nous essaye tant bien que mal, de construire une vie qui lui semble honorable aux yeux de tous et une situation décente pour sa famille. Ainsi le jeune homme vit dans un petit plain-pied avec jardin qui n'en est pas moins cosy pour autant, aux côtés de sa petite amie Holly et de leur chien Macho, un jeune berger allemand qui, il faut le dire, est un peu leur enfant. Lui est agent de maîtrise dans une entreprise d'équipements sportifs, tandis qu'elle, travaille pour une boîte de textile. Il dort encore, elle attend sous le porche. Aujourd'hui est le premier jour d'une aventure qui va bouleverser leur vie, une épopée unique qui fera d'eux des êtres exceptionnels de par ce qu'ils vont vivre et rendre leur unicité, qui est propre à chacun, des plus originales.

On frappe à la porte. Le nombre et la force des coups de phalanges sur celle-ci augmentèrent. Mike à moitié recouvert par le drap, dormait en étoile sur le ventre dans son lit complètement défait. De légers spasmes parcoururent son corps, lorsque la forte vibration de son smartphone le réveilla totalement. Il se contorsionna pour attraper son portable posé sur la table de chevet, il s'agissait d'un appel d'Holly que le garçon stoppa immédiatement. Il enfila sa robe de chambre et s'empressa d'aller ouvrir la porte tout en repoussant son chien, alarmé par la précipitation de son maître.

— Excuse-moi, je me suis recouché, puis rendormi après que tu sois partie. Tu n'as pas tes clés ? Je pensais que tu déjeunais avec tes collègues aujourd'hui.

Elle entra en déposant un petit baiser sur les lèvres de son compagnon, qui referma la porte et refit la boucle de sa ceinture.

— Non je pensais les avoir prises mais je ne les ai pas trouvées dans mon sac, j'ai dû les laisser dans la voiture. Je t'ai répété deux ou trois fois hier soir que j'allais rentrer ce midi. Je vois que tu as préparé le repas, lui dit-elle en souriant.

— Je m'y mets de suite mon général ! répondit-il en exécutant un rapide salut militaire.

La jeune femme posa son sac ainsi que quelques prospectus sur la table basse, tandis que lui, sortit une poêle et lança la cuisson de quatre saucisses. Elle s'installa bien confortablement dans le fond du canapé, alluma l'écran plat et mit un jeu télévisé tout en regardant du coin de l'œil, le torse dénudé de son petit ami.

— Tu as mis les pâtes à réchauffer ?

— Oui dans la poêle avec la viande.

Ce dernier chantait à voix basse du Johnny, tout en surveillant la cuisson.

— Viens manger c'est prêt.

Ils se mirent à table et commencèrent à déjeuner. Holly raconta sa matinée de bureau, qui fut assez basique puisque celle-ci avait reçu deux nouveaux projets originaux, mais son enthousiasme fut vite refroidi par le manque d'ambition de sa directrice qu'elle ne peut pas voir même en peinture.

— Bon alors comme ça tu n'as fait que dormir ?

— Oui de toute façon je n'ai que ça à faire, lança-t-il ironisant sur son sort. Non, en vrai je me suis fait plaisir en faisant une grasse mat'…

Il finit son verre d'eau à moitié plein d'une seule traite, puis reprit :

— ... mais dès cet après-midi je recherche du travail. Comme je t'ai dit un CDD me suffira amplement, puisque je songe vraiment à ouvrir ma boîte.

— En vrai Mike, tu as quand même le temps ne t'inquiète pas et puis je te fais entièrement confiance.

Hier soir, il s'est pris la tête une énième fois avec son patron. Il est vrai que c'est un sanguin, démarrant au quart de tour mais c'est un bosseur, efficace et soucieux de son travail. Il ne supportait plus l'idiotie des incompétents qui bossaient avec lui et a donc décidé de quitter la société, sans oublier de dire leurs quatre vérités à chacun. C'est dommage, le boulot lui plaisait, une vraie complicité s'était installée entre lui et son manager. Malgré cela, le chef d'entreprise a préféré le laisser partir, plutôt que faire le ménage parmi ses employés. Ils finirent leur assiette, tous deux donnèrent à Macho un petit bout de saucisse qu'ils lui avaient gardé. Une fois la vaisselle faite, ils s'installèrent serrés l'un contre l'autre sur le canapé devant la télévision. Lui essayait de répondre à chacune des questions, il avait plusieurs fois envisagé de s'inscrire au casting, cependant l'idée de passer à la télé l'en dissuadait. Holly avait les yeux fermés, blottie dans les bras de son amoureux.

— Il n'y a que de la pub aujourd'hui ?

Il se pencha en avant pour se saisir du premier magazine qui lui vint, celui d'une enseigne sportive. Sa compagne ronchonna d'être dérangée dans sa courte sieste puis se remit dans sa position initiale.

— Oui que de la pub, maintenant tu as le temps de tout feuilleter...

Elle referma les yeux en finissant sa phrase et un grand sourire se dessina sur son visage d'enfant. Conscient que sa copine plaisantait, il se contenta de balancer calmement le magazine sur la table, répondant par un petit « hum » mélangeant mépris et apitoiement sur lui-même.

— ... roh je rigole mon cœur, tu sais bien que je blague ! se dépêcha-t-elle de préciser, en le prenant dans ses bras puis de l'embrasser sur la joue.

— Tu sais que je t'aime moi ? ajouta-t-il à ce moment de tendresse.
— Moi aussi ! Plus que tout même. Pff je n'ai pas envie d'y retourner.
— Allez courage, ce soir c'est le week-end !

La fille enlacée, enleva délicatement le bras de son bien-aimé et se releva.

— Bon j'y vais, soupira-t-elle en faisant la moue.

Elle reprit ses affaires, l'embrassa une dernière fois et se hâta de partir après les nombreuses recommandations de faire attention données par ce dernier. Une fois seul, Mike se brossa les dents, enfila un jean, un t-shirt ainsi qu'une paire d'espadrilles encore neuve, qu'il sortit du meuble à chaussures situé à côté de la porte d'entrée. Il se remit dans le canapé et changea plusieurs fois de chaîne. Ne trouvant pas son bonheur il se redressa et parcourut les différents magazines posés sur la table basse. En prenant l'avant-dernier prospectus, il fut surpris de trouver une enveloppe et le fut encore plus, lorsque après l'avoir retournée deux trois fois il s'aperçut que le papier était vierge. Son adresse ne figurait sur aucune des deux faces, elle avait donc été déposée par quelqu'un dans la boîte aux lettres. Il se leva pour prendre un laguiole dans un tiroir de la cuisine, afin de l'ouvrir délicatement. Après plusieurs tentatives en vain, il remit le couteau à sa place et déchira le dessus en essayant néanmoins de ne pas trop l'abîmer. Il pensait y trouver une publicité pour une quelconque promo, mais en ressortit une feuille blanche de très bonne qualité parfaitement pliée en trois. Il posa l'enveloppe déchirée sur le plan de travail et la déplia, découvrant une lettre. Le garçon très étonné se dirigea vers les toilettes, se déculotta et posa ses fesses sur la cuvette laissant la porte entrouverte, le papier toujours à la main. Après un bref pipi, il commença la lecture. Mike prit son temps relisant à plusieurs reprises certaines phrases. Au fur et à mesure qu'il absorbait les mots, son visage changeait d'expression. Au début de la stupéfaction apparut sur son faciès, puis de l'excitation avant de laisser place à de l'appréhension et de l'incompréhension.

M. Mike FELDRON,

Tout d'abord nous tenons à vous faire prendre conscience que cette présente sollicitation à votre égard est un fait plus qu'exceptionnel. Nous pesons nos mots, en effet votre profil a été retenu pour participer à notre production télévisuelle, une création unique en son genre qui vous fera entrer dans l'histoire.

Vous appartenez à une sélection de huit individus choisis selon une liste de critères très spécifiques, qui vous sera communiquée ultérieurement. Ainsi, nous vous invitons à rejoindre l'aventure de votre vie. Une expérience grandiose qui sera à coup sûr des plus enrichissantes dans tous les sens du terme, puisque plusieurs dizaines de milliers d'euros seront remportées par chacun des participants en fonction de leur classement final et qu'un million d'euros sera remis au grand gagnant.

Si vous souhaitez être de la partie, il vous suffira de nous attendre le samedi 14 août à minuit précis sur la voie piétonne en face de chez vous. Notre équipe viendra vous chercher en bus accompagnée de vos concurrents, pour rallier la destination tenue secrète des épreuves. Nous vous demandons de venir en tenue sportive (short, t-shirt, baskets...) et de vous munir d'un sac à dos contenant le strict nécessaire. Ne prévoyez pas d'affaires de rechange, un uniforme vous sera fourni lors de votre arrivée.

Pour le bon déroulement de l'émission, nous vous prions de ne dévoiler à quiconque votre participation et de ne parler à personne de cette convocation, dans quel cas nous nous verrions obligés de vous disqualifier d'office de la compétition. À l'exception d'Holly votre compagne, qui est la seule à pouvoir prendre connaissance de cette nomination, puisqu'elle sera également contactée peu de temps après votre départ, occupant ainsi un rôle primordial dans le jeu. En supposant que vous ne voudriez pas y prendre part, nous vous demandons également de garder le silence jusqu'à la date de diffusion publique. Dans le cas contraire, nous sommes en droit de vous attaquer juridiquement pour divulgation d'informations tenues secrètes entre un groupe d'individus restreint.

En espérant vous voir très prochainement à nos côtés.

Notre équipe de production.

En pleine réflexion, il resta un long moment immobile sur les WC. Il jetait quelques regards furtifs sur la lettre, puis se replongeait dans ses pensées.

— C'est fou, pourquoi moi ? s'interrogea-t-il à voix haute. Un million d'euros ! Un million d'euros ! répéta-t-il une dizaine de fois.

*

Mike attendit avec impatience le retour d'Holly. L'après-midi lui parut extrêmement long. Il avait terriblement besoin d'elle, pour lui partager son excitation mais également pour avoir son avis, qui éventuellement lui apporterait quelques réponses sur le contenu de cette lettre, qui même après des heures de recul et plusieurs relectures, lui paraissait toujours aussi invraisemblable. Il passa une bonne partie de son temps devant son ordinateur à chercher du travail sans pouvoir s'empêcher d'effectuer de temps à autre, des recherches à partir des maigres indices dont il disposait. Cependant les résultats sur internet « nouveau jeu d'aventure télévisé », ou bien « un million d'euros pour le gagnant du jeu télévisé » ne donnèrent rien. Les yeux fatigués par la luminosité de l'écran, il décida sur les coups de dix-sept heures d'aller promener son chien, afin de sortir prendre l'air par la même occasion. Il éteignit donc son ordinateur portable et s'empara de la laisse de Macho rangée dans le tiroir du meuble à chaussures. Une fois la maison fermée à clé, tous deux s'élancèrent, montant les marches d'un premier escalier avant d'en dévaler celles d'un second, l'un plus essoufflé que l'autre. Ils traversèrent trois ruelles et enjambèrent une petite barrière en bois pour accéder à leur destination. Il s'agissait d'un parc romantique et pittoresque à l'anglaise. Un lieu où les célibataires endurcis aimaient se ressourcer et s'adonner à de longues rêveries d'adolescent, où les couples de personnes âgées pouvaient retrouver une certaine plénitude de leurs souvenirs d'antan. Ce gigantesque jardin constituait une véritable arche de Noé végétale pour des milliers d'espèces d'angiospermes, fougères, mousses, hépatiques et autres. Sculpté par les quatre éléments durant des siècles, cet écrin naturel offrait une palette de couleurs incommensurable, où chaque rhododendron, magnolia, andromède, fuchsia, hortensia, dahlia ou encore chaque lys, apparaissait comme une touche de peinture laissée là au hasard, mais qui prenait tout son sens, quant à sa place précise et sa nécessité dans le tableau, résultant de cet assortiment. Il comportait de nombreux escarpements rocheux ainsi qu'une multitude de statues en tout genre, illustrant l'évolution temporaire et artistique de la ville. Le tout harmonieusement disposé autour d'une petite rivière tributaire d'un lac situé en amont. Une fois arrivés, il dut retenir son animal en tirant fermement sur la laisse. Celui-ci lui pressait le pas pour approcher les nombreux oiseaux qui jonchaient l'allée pavée principale du jardin qu'ils empruntèrent, avant de se faufiler dans un petit chemin en pente traversant un taillis de châtaigniers. Ils débarquèrent sur une grande pelouse, au loin quelques enfants jouaient au foot. Mike enleva ses espadrilles et détacha la laisse de Macho qu'il posa dessus. Le chien très excité, allait d'un point à l'autre tout en fourrant sa truffe dans l'herbe fraîche qu'il respirait à pleins poumons. Son maître fit quelques pas en avant, piétinant la verdure. Il s'arrêta, observant les brins d'herbe. Puis il recommença, savourant la douceur du sol en contact avec la plante de ses pieds. Après s'être immobilisé une seconde fois, le jeune homme releva la tête et siffla en direction de son fidèle compagnon. Ce dernier se redressa immédiatement en pointant le museau vers lui. Tous deux se regardèrent un court instant, le garçon se mit alors à courir, très vite, le plus vite possible. Le canidé s'élança à sa poursuite, gagnant du terrain à chaque foulée. Dans sa course il se retourna brièvement et fut pris d'une adrénaline soudaine, pas celle qui vous remplit de peur, mais celle qui vous promet une chute inévitable. Il courut encore une vingtaine de mètres employant ses dernières forces, lorsqu'il sentit une masse s'abattre sur son dos, précipitant violemment sa chute. Au sol, il réussit à se retourner tout en repoussant celui qui s'acharnait à le recouvrir de bave. Les deux gaillards chahutèrent longuement avant que Mike s'extirpât et parvînt à se relever. Le berger allemand loin d'être fatigué se remit à courir en direction des enfants à quelques pas de là. Entre deux passes au pied, il s'attaqua à leur ballon qu'il subtilisa. Les gamins se mirent volontiers à sa poursuite. Sans succès, Macho usant de sa gueule et ses pattes monopolisait le ballon. Son propriétaire, témoin et amusé de la scène finit par leur venir en aide. Il réussit à s'en emparer et le redonna aux préados qui semblaient apprécier la compagnie de l'animal. Après une bonne heure de foot, le jeune homme décida de rentrer. Il leur souhaita une agréable soirée, récupéra ses espadrilles et remit sa laisse au chien.

*

— Ne m'en parle pas, grosse journée. J'ai terminé tard le boulot aujourd'hui, cela fait à peine une demi-heure que je suis là. Tu as vu je fais chinois ce soir.
Mike finit sa pinte de soda et lui répondit en souriant :
— Asiatique plutôt, j'espère qu'il y en a beaucoup j'ai une faim de loup.
Alléché par l'odeur, Macho la langue encore pendante vint près d'eux renifler les effluves de nems au porc, tout juste sortis de leur emballage.
— Dis donc, vous avez dû bien courir tous les deux.

— Oui ma belle… rétorqua son petit ami.
Il prit une dégaine de voyou ringard et continua :
— … ton satané cabot a embêté une bande de mioches, j'ai été obligé d'intervenir en sauveur, je t'expliquerai plus tard.
Tous deux rigolèrent.
— Je vais prendre ma douche, ensuite on mange et on se cale sur le canap'. J'ai quelque chose de très important à te dire, rien de grave ne t'affole pas, mais tu vas voir c'est énorme !
Il lui adressa un large sourire afin de ne pas l'inquiéter, puis fila dans la salle de bain.

*

Après avoir dîné, ils s'installèrent dans le salon devant la télévision, savourant enfin le week-end qui commençait tout juste. Très rapidement, Holly demanda ce qu'il avait de si important à lui raconter. Il coupa instantanément le son de l'émission et se leva chercher l'enveloppe qu'il avait pris soin de dissimuler, pour être certain que cette dernière ne tombe pas dessus.
— C'est si grave que ça ?

*

Ils discutèrent la soirée entière ainsi qu'une bonne partie de la nuit. Comme lui lors de sa première lecture, elle passa par tous les états possibles, cependant elle n'eut pas plus de réponses à apporter. Ils imaginèrent tous les scénarios possibles, opposèrent leurs idées avant d'en réfuter la totalité.
— Tu as vu ? Il y a un numéro de téléphone en bas au verso.
Mike étonné de ne pas l'avoir remarqué, lui prit la feuille des mains.
— Écrit en tout petit, je ne l'avais même pas vu, il sert à quoi à ton avis ?

Holly se contenta d'un léger haussement d'épaules. Il émit une hypothèse pour se répondre à lui-même :
— C'est au cas où, si on a des questions, que l'on souhaite avoir plus d'informations peut-être.
— Sûrement.

*

Le lendemain matin la conversation reprit, ils ne pensaient et ne voyaient que par cette invraisemblable nouvelle. Le midi, au repas de la cousinade du côté d'Holly, ils n'y étaient pas intellectuellement, leur cerveau respectif bouillonnait sous l'impact des centaines de questions, qui elles-mêmes convergeaient vers des centaines d'hypothèses. Ils échangeaient inlassablement des regards complices, cette histoire naissante les liait encore davantage et le fait d'être seuls impactés par cet événement, leur assurait une perspective pleine de promesses. Sur la route du retour, Mike fit remarquer que personne ne devait être au courant et donc qu'ils n'avaient pas de solution pour faire garder leur chien d'ici vingt jours, sans qu'ils aient besoin de justifier une absence précipitée auprès d'amis ou membres de la famille.
— Macho va rester avec moi à la maison.
— Mais non, tu as lu comme moi, tu seras amenée à me rejoindre par la suite, tu seras alors prise au dépourvu. Je pense l'emmener avec moi.
— Bien sûr et tu vas être disqualifié d'office ! Cela m'embête, nous allons devoir le mettre en pension, le temps du jeu.
— Non je ne veux pas qu'il se retrouve avec des inconnus, de plus la production exige que l'on n'éveille aucun soupçon !
— Dans ce cas tu les contactes, afin d'être fixé sur la chose. Cela nous laissera aussi le temps d'y réfléchir plus longuement.

Son compagnon acquiesça par un petit « ok », convaincu d'avoir obtenu gain de cause et bien décidé à négocier dur comme fer la présence de son acolyte dans l'aventure.

*

Le coup de fil vint quelques jours plus tard. Il composa le numéro mentionné au dos de la convocation, lorsqu'une voix grave et masculine lui répondit dès la fin de la première sonnerie :
— Oui allô ?
— Bonjour, c'est Monsieur Feldron un des participants du jeu, je vous appelle car je ne sais pas comment faire par rapport à un point du règlement.
— Allez-y, dites-moi ce qui vous interroge ?
Le jeune homme prit sa respiration pour exprimer sa demande de façon audible, mais assez rapide pour y caser l'ensemble de ses arguments.
— Voilà, nous avons un chien dont nous ne savons pas quoi faire, nous ne pouvons pas le donner à garder sans raison valable, les pensions nous paraissent trop coûteuses et je me demandais s'il était possible de l'emmener avec moi, si vous n'y voyez pas d'inconvénients bien sûr ? Forcément je prendrai de la nourriture pour le début de l'aventure…
Il fut coupé par son interlocuteur :
— Écoutez, je ne sais pas quoi vous répondre dans l'immédiat, je vais en parler avec la production et vous recontacte rapidement.
— Merci, dans la journée vous pensez ?
— Oui très rapidement.
— Il a raccroché, s'ébahit Mike en regardant son smartphone.
Dix minutes plus tard, celui-ci se mit à sonner, affichant un numéro masqué.
— Allô ?

— Bon j'ai vu cela avec mes supérieurs, il n'y a aucun souci pour Macho, vous pouvez l'emmener. Effectivement prévoyez quelques jours de nourriture, nous vous fournirons par la suite le nécessaire.
— Sûr? Ça ne pose pas un problème? Je ne vais pas être disqualifié ou devoir trouver une autre solution sur place?
— Non, ils m'ont assuré qu'il pouvait venir et qu'il pourrait même vous accompagner tout au long du jeu, que ça allait ajouter une touche de piment aux épreuves, vous donnant ainsi une vraie singularité parmi vos concurrents.
— Ah super, je vous remercie.
— Pour le reste, tenez-vous en à la convocation, soyez à l'heure au rendez-vous ce quatorze du mois et tout ira bien.
— D'accord.
— Passez une bonne fin de journée, à très bientôt.
— Merci beaucoup, au revoir.
Il raccrocha et se tourna vers l'animal en boule dans son panier.
— Yes! Tu viens avec moi! Tu m'entends tu viens avec moi!
Un instant passa avant que l'individu ne réagisse à voix haute:
— Mais au fait, comment il sait que tu t'appelles Macho? Je ne lui ai pas dit, c'est fou ça je suis certain qu'il t'a nommé sans que je lui précise ton prénom, bizarre.

*

Les deux semaines suivantes leur parurent interminables. Mike et Holly avaient consacré leurs journées entières à la préparation du jour J, tout en ignorant ce qui les attendait. Tous deux appréhendaient d'être séparés, pourtant l'excitation grandissait progressivement à raison que la date butoir approchait.
— Prends des forces, mange un peu.
— Je n'ai pas faim, vraiment. Je ne sais même pas si j'ai envie d'y aller. Tu imagines si l'aventure dure plusieurs semaines, je ne peux pas vivre sans toi.

— Tu as bien lu comme moi, je vais avoir un rôle à jouer aussi, on va sûrement se retrouver au cours de l'aventure. De toute façon, si tu es éliminé dès le début, tu reviendras rapidement à la maison, finit-elle en le narguant. C'est pour que tu déchires tout et gagnes la partie que je te touche dans ton orgueil.

— Bon, c'est bientôt l'heure, je finis de me préparer et j'y vais.

Il se leva en prenant son assiette ainsi que ses couverts.

— Laisse je vais débarrasser, affaire-toi plutôt.

— J'espère avoir pensé à tout.

— Récapitulons…

Elle prit son sac à dos posé sur le canapé et le vida sur la table basse, énumérant les objets au fur et à mesure qu'elle les remettait à l'intérieur du contenant.

— … tu as bien pris ta trousse de toilette, une bouteille d'eau, ton opinel qui ne sert à rien, euh un briquet, ton portefeuille, Mike c'est une émission télévisée, pas un trek.

— C'est sûrement un jeu d'aventure Holly, continue s'il te plaît.

— Un paquet de clopes.

— C'est juste un petit plaisir si je commence à craquer.

Il afficha un grand sourire.

— Je ne t'ai rien dit, si ça peut t'aider à nous ramener le million pourquoi pas. Un sac plastique contenant de la nourriture pour chien. Tu es vraiment sûr de vouloir emmener Macho ?

— Oui je préfère, tu sais bien ce que m'a dit le mec au téléphone, j'ai le droit, ils ont même trouvé l'idée géniale.

— On verra bien, ils te le diront avant de rentrer dans le bus de toute façon s'ils n'en veulent plus. Et trois kilos de croquettes ça suffit ?

— J'ai calculé, il faut environ six cents grammes par jour de cette marque pour un animal de son poids, ça lui tiendra donc cinq jours, ensuite ils m'en fourniront.

— Bref, je pense qu'on n'a rien oublié. Tu ne vas pas avoir froid habillé comme ça ? lui demanda-t-elle en souriant.

Conformément à la volonté de la production, il était en baskets, vêtu d'un short de sport, d'un t-shirt à manches courtes et d'un sweat à capuche par-dessus.

— Non, pas du tout.

Il se regarda dans le grand miroir du salon. L'inquiétude avait laissé place à l'impatience.

— Il pourrait faire moins dix degrés dehors que je n'aurais pas froid.

— 23 h 57, mets-lui son collier, on y va.

Tous les trois sortirent lentement de la maison, comme s'ils avaient peur de ce qui les attendait. Mike tint la porte, laissant passer sa compagne et son chien tenu par cette dernière. Ils se retrouvèrent dans la rue. Le ciel étoilé apparaissait noir bleuté, seules deux voitures passèrent successivement puis le calme, la rue devint déserte. Ils regardèrent autour d'eux, lorsque Holly fit remarquer à son compagnon la présence d'un car aux vitres teintées, stationné à quelques dizaines de mètres de l'autre côté de la chaussée.

— J'y vais mon cœur, tu prends soin de toi, je t'aime.

— Toi aussi tu fais bien attention à toi…

Elle le serra dans ses bras.

— … je t'aime, tu m'envoies des messages pour me dire ce qu'il en est, lui dit-elle en tendant la laisse.

— Oui, si je ne reviens pas de suite c'est qu'ils acceptent que j'emmène Macho. Allez à très vite, je t'aime.

Elle le rattrapa par le bras et l'enlaça une dernière fois. Il traversa la route prévenant discrètement son berger allemand en le tirant vers lui, de se tenir correctement, angoissé à l'idée qu'il soit refusé. Sa petite amie s'avança légèrement sur la chaussée pour les voir monter. Arrivant timidement devant l'entrée du véhicule, l'individu hésitant redressa l'anse de son sac sur son épaule.

— Bonsoir monsieur, je…

Il fut interrompu par le chauffeur :

— Bonsoir, je vous en prie montez, la plupart des participants sont déjà là.

Le conducteur, un type joufflu, la cinquantaine, ne donna pas plus d'informations et remit le contact. Mike le pas incertain, avança lentement entre les rangées de sièges vides. Il se retourna brièvement au soupir émit par la porte se refermant, il vit les premiers visages, distinguant uniquement des faciès masculins, peut-être dix. Certaines têtes s'inclinèrent pour observer stupéfaites le chien guère plus rassuré que son maître qui articula deux trois bonjours successifs avant de s'asseoir à deux rangées du fond côté vitre, mit son bagage entre ses jambes, reprit sa respiration et s'assura que Macho était également bien installé. Ce dernier grimpa sur la place voisine et posa sa truffe sur les cuisses de son propriétaire.

— C'est bien mon pépère, le félicita-t-il en chuchotant.

Puis il reprit à l'oreille du berger allemand, après avoir jeté un coup d'œil au-dessus du siège devant lui :

— Je ne sais pas dans quoi on s'est embarqué mon pote, c'est assez bizarre quand même.

Tout en le caressant, il releva la tête pour observer méticuleusement le panorama qui s'offrait à lui, prit le temps de compter les individus et de remarquer le silence glacial qui occupait l'espace. Seul un bruit de fond émergeait, celui du moteur.

*

Cela faisait à peine une heure que le car roulait, lorsque les deux petits écrans suspendus au plafond du véhicule s'allumèrent. Un étrange blason sur fond blanc apparut, jaune et bleu avec « 1532 » inscrit en dessous dans un bandeau. Les passagers n'eurent pas le temps d'examiner davantage le symbole puisque l'image changea pour laisser place à la photo d'un homme, tandis qu'à droite de l'écran s'afficha une brève description identitaire superposée d'une voix off qui débuta.

Le premier concurrent se prénomme Carl, 23 ans, 1m69, 60 kg, chétif, cependant très agile, rigole beaucoup parfois pour rien, pratique l'escalade depuis douze ans et a pour principal défaut sa susceptibilité.

Mike, stupéfait de cette présentation succincte débitée sans pincettes, se redressa sur son siège et leva la tête cherchant la personne en question, lorsqu'il fut à nouveau interpellé cette fois-ci par sa propre présentation.

Mike, 25 ans, 1m87, 89 kg, assez baraqué, a fait deux ans de judo, deux ans de boxe anglaise, quatre ans de handball, inscrit en salle de musculation depuis un an, très performant hors de sa zone de confort mais se braque et se renferme facilement.

— Ça va tranquille, ils ne font pas de détails, rigola le concerné à voix haute.

Le passager deux sièges devant lui dans sa diagonale se retourna, affichant un large sourire pour conforter son commentaire.

— C'est clair.

Le profil des différents candidats défila ainsi, lorsque le car s'arrêta dans un petit hameau de campagne.

Et enfin notre dernier candidat, Daniel, 44 ans...

Les battants s'entrouvrirent, au bout de quelques secondes ils virent monter un homme svelte, assez grand aux cheveux poivre et sel.

— Regarde, c'est justement lui qu'ils nous montrent à l'écran, s'adressa-t-il au berger allemand.

Le nouvel arrivant s'assit au fond du car, au même niveau que le maître et son animal.

— Salut, moi c'est Daniel, dit-il en proposant sa main tendue.

— Salut, moi c'est Mike et lui c'est Macho. Il est impressionnant comme ça mais il est gentil.

— Oh je n'en doute pas, j'ai l'habitude des chiens j'en ai déjà eu, plus petits néanmoins.

...est souvent qualifié de bizarre par les gens qui le côtoient, il devrait cependant se distinguer par ses notions de survie.

Les deux écrans s'éteignirent.

— C'était vous.

— Pardon ?

— Je dis, c'était vous à l'écran. En fait je suis monté à bord il y a un peu plus d'une heure et les deux écrans se sont allumés d'un coup.

Il lui montra du doigt les petites télévisions en question puis reprit :

— Chacun d'entre nous a été présenté rapidement, par ses aptitudes mais également par ses défauts...

— Ah d'accord, non je n'ai pas fait gaffe. Et vous en savez plus sur l'aventure ? Ils vous ont donné des précisions ?

— Non, rien depuis cette fameuse lettre, vous l'avez reçue aussi ?

— Oui, fit-il en hochant la tête.

— La voix off a dit que l'on n'était que des mecs, j'en ai compté sept au total.

Daniel l'interpella :

— Si je suis le dernier, apparemment je suis le plus âgé. En revanche j'ai l'impression que nous sommes un peu plus de sept, une petite dizaine a priori.

— J'ai remarqué, sûrement des membres de la production.

Les deux hommes firent plus ample connaissance durant le trajet, tandis que la même vidéo présentant les concurrents recommença deux autres fois. Puis le silence gagna le convoi, nul ne reconnaissait les lieux, celui-ci empruntait de petites routes escarpées et éloignées des grands axes depuis un moment. Le car se gara soudainement sur l'accotement d'une voie sinueuse à flanc de montagne, l'un des passagers prit la parole :

— Écoutez-moi, le staff va descendre pour faire un point sur l'itinéraire, veuillez rester assis dans un premier temps, vous pourrez également par la suite vous dégourdir les jambes.

Quatre personnes suivies du chauffeur sortirent du véhicule. Collé à la vitre, Mike les observait, ils étaient rapprochés et discutaient à voix basse. L'un d'entre eux alluma une cigarette.

— Moi aussi j'irais bien fumer une clope, dit-il à voix haute en se retournant vers Daniel.

— Dans ce cas, je t'accompagne.

Macho descendit brusquement du siège, surprenant les passagers autour.

— C'est normal, lui aussi en a marre, sourit son propriétaire en dévisageant les autres participants afin de les rassurer quant à l'empressement de l'animal.

— Ils ont bien voulu que tu l'emmènes ? demanda l'un d'entre eux.

— C'est eux qui m'ont dit de le faire, répondit-il brièvement, ne voulant pas s'attarder sur la présence de son compagnon de route.

Le chien se mit à renifler frénétiquement le sol entre les rangées de sièges. Son maître jeta sur lui deux trois regards tout en continuant d'épier les individus dehors, tandis que la porte battante se referma. Quelques minutes s'écoulèrent ainsi, lorsque l'ensemble des membres du cortège exprima successivement à plusieurs secondes d'intervalle, une gêne respiratoire et des maux de tête. Les désagréments s'accentuèrent avant que l'angoisse ne gagnât tout le monde. Dans la panique, certains se levèrent pour taper aux carreaux, Mike fit de même, constatant médusé l'air stoïque des spectateurs présents de l'autre côté de la paroi. Étourdi, il se leva à peine lorsque son corps tout en entier fut pris d'une étrange fébrilité le faisant basculer, son visage heurta la vitre. Surexcité, Macho se mit à aboyer sans plus s'arrêter.

Holly

Les huit invités furent déplacés dans une immense salle surplombée d'un dôme, révélant des dorures et de grands décors peints aux couleurs vives. Leur guide se décala face au groupe.
— Monsieur Levinski va bientôt vous recevoir.
Il leur tourna le dos avant même d'avoir terminé sa phrase, sortant de la pièce par une large double porte. Toujours debout, Holly adressa plusieurs sourires aux sept autres convives, pendant ces quelques minutes d'attente qui leur parurent à tous très longues. Les battants s'entrebâillèrent de nouveau, laissant apparaître un homme assez âgé aux cheveux gris clair.
— Bonjour à toutes et à tous. Je me présente, Joseph Levinski, je suis le créateur de ce jeu, c'est moi qui vais vous accompagner tout au long de l'expérience. Tout d'abord, je vous remercie d'avoir répondu présent à notre invitation et me permets de vous rappeler comme nous l'avons fait précédemment dans le courrier adressé à votre conjoint, fils, frère ou ami, que la stricte confidentialité de cet événement est de mise, assurant à tous le bon déroulement de la partie. C'est pourquoi quelqu'un va passer parmi vous, avec une boîte dans laquelle il faudra mettre votre téléphone portable, ensuite nous pourrons véritablement commencer.
Un large sourire vint ponctuer sa phrase. Comme on pourrait l'imaginer sur le plateau de n'importe quelle production, les étapes s'enchaînèrent telle une programmation bien orchestrée. Une personne fit irruption dans la salle, récupéra les smartphones et ressortit sans dire un mot.

— Sachez que l'aventure a déjà débuté pour votre binôme, je vous propose de passer ensemble dans la salle d'à côté pour en visionner les premiers instants.

Une autre porte située derrière eux s'ouvrit automatiquement et le groupe suivit son hôte. Ils arrivèrent cette fois-ci dans une pièce moins grande, possédant une petite estrade commençant par deux marches, que le mystérieux personnage en costume bleu emprunta pour s'y mettre au centre. Le groupe se retourna au léger son d'un mécanisme se déclenchant, un vidéoprojecteur sortit du mur, lorsque à l'unisson leurs visages firent de nouveau demi-tour pour en visualiser les premières images. Le maître des lieux fit quelques pas sur sa gauche, afin de laisser son public admirer pleinement le spectacle. Là encore l'écusson présentant dessous l'inscription « 1532 » apparut, des armoiries au fond jaune et bleu avec un fauve en bas à gauche, le tout dans un « o » noir supporté par d'étranges symboles sur les côtés. Le blason disparut, au même moment quatre hommes emmitouflés dans d'épais blousons similaires à certaines brigades d'intervention, se dispatchèrent aux différents coins de l'estrade et quatre autres débarquèrent à leur tour pour se répartir cette fois aux angles de la pièce. Les lumières s'assombrirent, l'intérieur du car où furent transportés Mike et le reste des participants s'afficha à l'écran. L'un après l'autre, les invités reconnurent l'individu les concernant, en train de dormir, observer le paysage par la vitre ou comme le compagnon d'Holly, parler avec quelqu'un.

— Vous avez tous compris qu'il s'agit d'une caméra de vidéosurveillance, présente à bord du véhicule emmenant vos proches sur les lieux de l'aventure. Nous allons maintenant accélérer un peu le film et passer à l'action, car le trajet fut long, ponctua Joseph Levinski en se frottant les mains.

La vidéo reprit à une vitesse normale à l'instant où le groupe fut pris de maux respiratoires et de vertiges.

— Un gaz a été propagé dans le véhicule pour endormir ses passagers, afin de les emmener dans un endroit tenu secret.

— Attendez mais vous n'avez pas le droit de procéder de la sorte, certains sont tombés ils auraient pu se faire mal ! intervint un des témoins de la scène.

Les huit gardes du corps sortirent subitement une arme de l'intérieur de leur veste, provoquant une stupeur totale, faisant basculer radicalement la situation et prenant tout le monde d'effroi.

— Clairement c'est une prise d'otage ! Qu'est-ce que vous voulez au juste ? cria une femme en pleurs.

— Ça commence, alors je vous préviens de suite il y aura des sanctions s'il y a trop de pleurnicheries. « Une prise d'otage », « une prise d'otage », répéta-t-il. Tout de suite les grands mots, non disons que vous êtes obligés de suivre mes règles. Je vous explique, eux jouent, il pointa du doigt l'écran en pause. Vous, vous observez et on commente ensemble leurs péripéties, c'est sympathique pas vrai ? Et de temps en temps vous pourrez intervenir, du moins impacter positivement... ou négativement leurs conditions d'aventure. Avez-vous compris ?

— Vous êtes un grand malade !

— Ah mais ça ne va pas se passer comme ça Édouard, de un vous n'allez pas faciliter la tâche de votre petit frère Loïs, qui sera pénalisé à cause de vous. De deux, vous allez servir d'exemple pour vos petits camarades si vous ne vous tenez pas plus à carreau que cela. Vraiment, ne m'obligez pas à sévir dès maintenant.

Le jeune homme fixa son interlocuteur d'un regard noir, restant cependant muet, tandis que les autres invités apeurés en firent de même.

— À présent que vous avez saisi les consignes, mes employés vont se charger de vous conduire dans votre observatoire, j'aime le désigner ainsi.

Ils furent emmenés dans une salle de forme circulaire, présentant simplement huit lits disposés en arc de cercle avec à leur niveau sur le mur, une plaque où était inscrit leur prénom, ainsi qu'une trappe située en dessous de celle-ci. Enfin, la paroi opposée aux couchages était tapissée d'un écran noir géant incurvé. Les individus armés repartirent par la seule porte des lieux, blindée, les laissant seuls dans cette prison sans issue. Le chaos prit place dans leur tête, laissant le brouhaha des questions à voix haute, des sanglots et des pas frénétiques de va-et-vient gagner l'endroit.

Mike

Il ouvrit complètement ses yeux engourdis après plusieurs pénibles tentatives et prit appui sur ses avant-bras en regardant tout autour de lui. Les autres jonchaient également le sol et peinaient tout autant à se réveiller. Seul un d'entre eux était debout, encore la tête dans les nuages il se frottait lentement le front. Le jeune homme vit son chien à quelques mètres de lui reniflant les hautes herbes, il se redressa tout en grimaçant, lorsque ce dernier s'apercevant de son réveil vint à sa rencontre.

— Qu'est ce qui nous est arrivé Macho ? Toi aussi tu as l'air shooté !

— Je vais te dire ce qui nous est arrivé moi, on a été drogué, ça va chier ! On a été drogué je te dis ! lui gueula un des participants s'agenouillant auprès d'un autre qui ne donnait aucun signe de vie. Oh réveille-toi ! dit-il de plus en plus fort, tout en le secouant.

Mike s'approcha de Daniel complètement groggy et lui tendit la main pour l'aider à se relever.

— On est où ? Je suis amorphe.

— Je ne sais pas mais ils nous ont endormis, déposés là et plus aucune trace d'eux.

Le groupe resta un moment dans l'incompréhension totale, sans bouger à regarder le paysage autour d'eux. Ils se trouvaient au milieu d'une immense plaine, à la naissance d'une montagne au flanc majoritairement boisé, tandis que les autres côtés laissaient voir de petites forêts éparses, ainsi que des étendues de prairies à perte de vue.

— Bonjour à tous !

Surpris par cette intervention semblant venir de nulle part, les hommes se retournèrent en se dévisageant à tour de rôle. La voix reprit :

— Je suis Joseph Levinski, le créateur de ce jeu et serai également votre guide tout au long de l'aventure.

Les individus interloqués formèrent un cercle autour d'un amas de roches qu'ils se mirent à observer. Ayant peur de paraître fou, chacun cherchait l'acquiescement des autres dans leurs regards quant à la provenance du son. Plusieurs s'avancèrent, découvrant en son cœur une enceinte, au coffrage grillagé et scellé au béton.

— Oui vous ne rêvez pas, quelques dizaines de haut-parleurs comme celui-ci sont disposés un peu partout sur le site, ils me permettront d'échanger en permanence avec vous. Voilà le concept, vous êtes huit participants, qui peut-être par la suite deviendront concurrents, devant survivre dans cet environnement hostile et faire face à de multiples obstacles en tout genre… Au fil de votre périple, des indices, des missions ainsi que des vivres vous seront remis mais attention, pour les obtenir il faudra vous en donner les moyens. Au terme de cette palpitante compétition, le plus méritant parmi vous et possiblement le seul survivant, gagnera le million d'euros promis au vainqueur. Dans un premier temps je vous conseille d'explorer les lieux afin de vous chercher un abri d'ici le début de la nuit, car des vents violents et une pluie battante sont annoncés en soirée. Sur ce, je vous souhaite bonne chance, que l'aventure commence !

— Le seul survivant ? On ne va pas s'entretuer quand même ! interpella un des membres du groupe.

— N'importe quoi c'est une façon de parler. Ça reste néanmoins une compétition, effectivement il faudra se battre !

Quelques secondes de silence passèrent.

— Je te sens craintif, là aussi c'est une expression ne t'inquiète pas gars. Bon, vu que le début du parcours est collectif, je vous propose qu'on parte dès maintenant à la recherche d'un endroit pour établir notre campement.

La bande se mit en route vers le bosquet le plus proche. Ils arrivèrent sur un petit coin de terre nue accolé à un cours d'eau et validèrent tous les lieux pour y installer leur bivouac. Ils eurent du mal à coordonner leurs idées et s'éparpillèrent par groupes de deux ou trois. Certains commencèrent à fabriquer une cabane, d'autres partirent à la recherche de denrées, Mike accompagné de son chien, proposa d'aller chercher du bois pour allumer un feu.

— Et toi comment tu t'appelles ?

— Carl et vous c'est Daniel ? répondit-il en se tournant vers le troisième homme.

Le concerné se baissa pour attraper deux branches desséchées.

— Waouh, le coup de vieux… oui c'est ça, tu peux me tutoyer tu sais. C'est quand même étrange comme situation vous ne trouvez pas ? On n'a pas beaucoup d'informations sur le déroulé et ils s'amusent à laisser planer une ambiance malsaine de méfiance les uns envers les autres.

— Hey Macho ne va pas trop loin ! Oui c'est vrai, on verra bien la tournure que ça prend. Perso, je ne sais pas vraiment à quoi m'attendre.

— C'est suffisant là on peut rentrer, je pense qu'on en a assez, pour une flambée du moins, on complétera avec des morceaux aux abords du camp.

Le trio ramassa également quelques pierres érodées par le ruisseau, afin de délimiter un foyer. Le plus âgé d'entre eux se mit à fouiller dans son sac, il en sortit un paquet de feuilles à rouler, puis son porte-monnaie avant de trouver enfin son briquet. Ils démarrèrent facilement un feu contenu par les petites roches polies et amassèrent non loin de là, une réserve de branchages pour alimenter les flammes durant la soirée. Mike releva la tête à la sensation d'une tape sur son épaule, de la part d'un autre camarade pour les féliciter.

— Bon boulot, on va pouvoir se chauffer cette nuit et avoir de la lumière.
— Merci, je vois que l'abri avance bien de votre côté.
— Oui on termine d'épaissir les couchages avec des mousses de sous-bois pour les rendre plus confortables et ce sera parfait !
— Tu en veux une ?
Daniel tendit une cigarette déjà roulée à son vis-à-vis qui accepta volontiers.
— Et toi Carl ?
— Non merci je ne fume pas.
— Depuis le temps qu'on voulait s'en cramer une nous aussi.
— Oui c'est vrai, les enfoirés quand même ils font leur petite pause en attendant qu'on s'évanouisse…

*

Peu à peu l'ensemble des aventuriers s'installa autour du feu et se mit à faire plus ample connaissance. L'un d'eux proposa :
— Et si on se présentait ? Moi perso je n'ai rien retenu de leur vidéo pourrie, dit-il en souriant.
— Vas-y commence, lui répondit Daniel en tirant une latte sur sa clope.
Ils parlèrent l'un après l'autre, Mike très observateur se rendit bien compte que certains exagéraient sur leur parcours, alors que d'autres voulaient en dire le moins possible, déjà quelques traits de caractère s'offrirent à lui. Le premier à passer fut donc Loïs. Assez grand, milieu de vingtaine, une barbe rousse bien taillée. Très gentil au premier abord, il semblait vouloir furtivement prendre le *lead* par les conseils qu'il donnait à chacun sur le camp, à la frontière de ce qu'on pourrait nommer des consignes et sûrement pas très loin d'être des ordres. Le second à sa gauche fut Sony. Fin de vingtaine ce dernier était assez maigre et de taille moyenne. Son nez fin et crochu, son collier brun foncé ainsi que sa discrétion assurée, de

n'ouvrir la bouche que lorsqu'on lui posait une question, lui conféraient un air globalement sournois jouant en sa défaveur. Le doyen prit justement la parole quant à son sujet :

— C'est bizarre ça d'ailleurs, sur les vidéos dans le car ils ont projeté sept profils, il me semble qu'on n'a pas vu le tien Sony et justement on est huit là.

— J'avais appelé la prod' pour leur dire que je ne voulais pas participer et j'ai changé d'avis au dernier moment en me pointant à leur rendez-vous. Ils ont dû être pris au dépourvu et n'avaient donc pas prévu ma présentation au montage.

Le troisième homme assis à la suite sur le même tronc d'arbre couché se prénommait Gary. C'était physiquement le plus impressionnant, il dut préciser son poids de cent six kilos pour son mètre quatre-vingt-dix à la suite d'une question curieuse et limite de Loïs le comparant à un ours. Il arborait une grosse barbe pas très bien entretenue et se décrivit lui-même comme un solitaire de base, cependant il savait s'adapter à un groupe et fit savoir qu'il était déjà effrayé à l'idée de manquer en nourriture. Suivirent deux jeunes individus assis en tailleur. Steven, cheveux rasés le teint mat, assez grande goule qui avait fait savoir qu'il était là, par ses nombreuses blagues à gorge déployée et propos injurieux envers les organisateurs du jeu. À sa gauche Carl, petit et chétif qui rigolait à toutes les blagues de ce dernier, mais un peu moins lorsque celles-ci le concernaient. Ceci mit en lumière un de ses principaux traits de caractère affiché dans son portrait visionné lors du trajet, sa susceptibilité. Le suivant s'appelait Barry. Moins grand que les autres et de forte corpulence, il semblait mal à l'aise en permanence, apparaissant immédiatement comme le plus timide de tous. Puis vint le tour du maître-chien, qui ne souhaita pas s'étaler sur sa réelle situation professionnelle.

— Moi c'est Mike, j'ai 25 ans, je suis agent de maîtrise dans le sport, je gère une équipe en gros, notre boulot est de développer de nouveaux équipements, autrement j'aime bien voyager et les sorties entre amis.

— Et donc c'est le tien ? lança Loïs en pointant l'animal qui dormait à quelques mètres d'eux.

— Oui il s'appelle Macho c'est un berger allemand de deux ans, c'est la production qui m'a demandé de l'emmener quand je leur ai dit que ce serait compliqué de le faire garder.

— Ok le mec a un avantage dès le début ! s'offusqua Steven en regardant les autres.

— Tu ne peux pas savoir, on ne connaît même pas le genre d'épreuves auxquelles nous allons être confrontés, répondit Daniel avant que Gary ne l'interrogeât de nouveau.

— Mais du coup, tu as de quoi lui donner à manger ?

— J'ai trois kilos de croquettes dans mon sac, ce qui représente cinq jours de nourriture. Il était convenu avec eux qu'ils s'occuperaient de me fournir le nécessaire par la suite. Donc je ne sais pas ce qu'ils ont prévu étant donné qu'on a été lâché ici sans infos et sans vivres, à moins que l'aventure ne dure pas plus de cinq jours.

— Ton sac doit être plus lourd que les autres ?

— Oui, qui plus est j'ai également ses deux gamelles, mais bon, il va s'alléger au fil des jours.

— Tu fais du sport aussi non ? T'es plutôt baraqué ! lui demanda Carl en gonflant son torse et ses bras.

— Je vais à la salle plusieurs fois par semaine, ça fait un peu plus d'un an que je suis inscrit.

Enfin ce fut au tour de Daniel. Au physique grand et svelte, il se contenta de dire qu'il aimait la nature et les gens en général. Ils échangèrent jusqu'à tard le soir et partagèrent une bonne partie des provisions qu'ils avaient emportées avec eux.

HOLLY

— J'espère que ces malades ne les ont pas attaqués pendant la nuit.
— Vous avez bien vu, il ne s'est rien passé hier soir, ils ont pu installer tranquillement leur campement. On s'est peut-être vite monté la tête quant à leur sujet.
— T'es fou ou quoi ? Ils les ont endormis et abandonnés en pleine nature, ils nous ont menacés avec des armes, nous voilà retenus en otage et nous nous sommes peut-être « montés la tête » ! Non mais dans quel monde tu vis toi ?

Les huit invités furent interrompus par le bruit des trappes qui s'ouvrirent, laissant apparaître un petit-déjeuner constitué d'un verre de jus d'orange, d'un café et d'une viennoiserie. Les enceintes situées en haut des murs se mirent en marche, tous reconnurent la voix de Monsieur Levinski.

— Bonjour à tous, j'espère que malgré toutes ces émotions vous avez réussi à dormir un peu car cette journée va être des plus excitantes. Force est de constater que nous sommes malgré nos apparences, de gentils personnages puisque nous les avons laissés eux aussi sommeiller paisiblement. Sachez qu'ils ont repris leur chemin il y a un peu moins d'une heure. L'écran géant va se rallumer et ne s'éteindra plus durant toute l'aventure, vous pourrez comme hier soir les suivre pas à pas. Je vous conseille de prendre des forces avec ce petit-déjeuner, en pensant fort à eux qui vont devoir batailler dur tout au long du jeu pour se sustenter. Je vous souhaite un bon appétit !

— Il appelle ça un jeu lui…

Mike

La bande suivit un passage entre les hautes graminées, semblant s'être formé par un piétinement récurrent. Ce chemin les emmena jusqu'en haut d'une colline de terre battue et d'herbes rases.

— On fait une pause ici ? proposa Steven.

— Oui je suis crevé, je n'ai quasiment pas fermé l'œil de la nuit avec cette pluie.

— Ça allait la flotte encore, c'est le vent surtout, il n'a pas arrêté de souffler.

— Parle pour toi, moi j'étais au bout des couchages et le toit de l'abri n'était pas étanche, j'ai dû dormir assis contre le tronc d'arbre.

— Vous êtes sûrs qu'on devait quitter le campement ce matin ? C'est dommage d'avoir fait une cabane pour rien.

Sony prit la parole :

— Bien sûr qu'on a bien fait, regardez autour de nous il n'y a absolument rien, on doit sûrement chercher quelque chose. Et puis de toute façon ils ne nous donnent aucune indication. Hey Gary tu t'en fous de ce que je dis ?

— Venez voir ! Il y a les mêmes haut-parleurs qu'hier au milieu de ces rochers.

Le groupe se rapprocha de l'homme encore plus imposant grimpé sur le bloc, lorsque la voix de Joseph Levinski se fit entendre :

— Bonjour mes chers amis ! Je vois que cette première nuit a été laborieuse pour la plupart d'entre vous. La faim et la soif vont également se faire sentir dans les jours qui suivent. Concernant ce dernier point, un puits d'eau potable ainsi que huit gourdes se situent de l'autre côté de la petite montagne derrière vous. Regardez bien, il y a deux arbres, à leur gauche se trouve un buisson et au-dessus, dans votre champ de vision vous apercevez le sommet. C'est bon pour tout le monde ?

Certains furent étonnés du « oui » répondu en cœur par Steven et Carl qui se lancèrent un sourire complice.

— Essayez de rejoindre l'objectif avant que le soleil se couche, car la météo annoncée ce soir est encore une fois peu clémente... Je vous souhaite donc bonne chance et vous dis à très bientôt !

— Allons-y ! Waouh ça semble loin quand même.

— C'est pour ça qu'on n'a pas de temps à perdre.

Loïs demanda aux autres ce qui leur semblait être le chemin le plus court. Encore une fois Gary montra au reste de la bande son sens efficace de l'observation.

— En contrebas ce sentier nous mènera directement sur la bonne route.

— Non mais attends on ne peut pas descendre par ici c'est bien trop abrupt !

Barry affichait également un visage sceptique, mais Carl semblait le plus effrayé quant à la sûreté de l'itinéraire.

— Bon écoutez, moi je passe par là parce que vu cette chaleur à cette heure matinale et le peu d'eau qu'il me reste, je ne veux pas arriver après le coucher du soleil au risque de me perdre.

— Il a raison, pour tout vous dire je n'en ai même pas de l'eau moi ! Je ne savais pas qu'on devait prévoir nos réserves, émission de merde !

Gary et Loïs s'élancèrent les premiers, le reste de la troupe leur emboîta le pas. Steven, Barry, Mike et Daniel s'engagèrent à leur tour, tandis que Carl toujours hésitant puis Sony fermèrent la marche. Ce dernier essaya de rassurer son camarade en lui adressant un sourire réconfortant.

— Ne t'inquiète pas, je serai juste derrière toi, au cas où.

Tous progressèrent à tâtons pour sonder la fiabilité du parcours, la terre s'effritait et les pierres dégringolaient à mesure que les hommes avançaient. Arrivés à mi-chemin la difficulté des passages escarpés s'accentua et l'allure diminua, surtout pour Mike qui retenait Macho en tirant sur sa laisse craignant que celui-ci ne glisse. Il stoppa le groupe en pointant du doigt un endroit de la falaise.

— Les gars regardez.

— Quoi ? On ne voit rien ?

— Si, prise dans les brindilles du nid d'oiseau, on dirait une caméra ! C'est déjà la deuxième fois que je crois en reconnaître une, tout à l'heure je me suis dit que je délirais, mais là franchement je ne vois pas ce que ça peut être autrement.

— Il a raison, ça en a tout l'air.

— Elle est un peu loin pour l'atteindre, néanmoins nous savons maintenant que nous sommes observés.

Ils firent encore quelques mètres de dénivelé.

— C'est à vous de nous guider Gary et Sony, car c'est vous qui avez la meilleure visibilité sur le cheminement ! s'exclama Loïs.

N'ayant une réponse que de son compagnon de devant, il relança l'aventurier se trouvant en dernière position :

— Oh Sony tu m'as entendu ?

— Heu oui, excuse-moi je me concentre…

Carl le coupa :

— Non mais attends c'est quoi…

Il trébucha et se mit à hurler ! Pris dans la panique tous s'immobilisèrent, la scène se déroula en quelques secondes. Dans son élan le garçon fit tomber Daniel qui se rattrapa in extremis à une racine d'arbre, tandis que Mike échoua dans sa tentative d'intercepter le jeune homme. Celui-ci dévala à grande vitesse le flanc de falaise cherchant tant bien que mal à se cramponner quelque part, mais les herbes s'arrachèrent sous ses mains emportées par la violence de la glissade. Sentant le coup venir Loïs agrippa Gary de toutes ses forces en se couchant en arrière, dans un dernier espoir le chef de file tendit la main en direction de Carl mais le bout de ses doigts effleura simplement l'anse de son sac. Plusieurs secondes de silence interminables passèrent, certains fermaient les yeux, puis chacun leur tour ils relevèrent la tête pour regarder à une quinzaine de mètres plus bas.

— Putain, il ne bouge plus, il est mort, il est mort je vous dis! déclara Steven en se mettant à pleurer.

Le chien pris dans l'affolement de tous les participants se mit à aboyer. Daniel demanda :

— Qu'est-ce qu'on fait? On remonte aux haut-parleurs ? Vu l'interaction qu'on a avec Monsieur Levinski il doit y avoir des micros de dissimulés, on va les prévenir de l'accident. Tu en penses quoi toi Mike ?

— Je t'avoue que ça me semble vraiment dangereux de faire demi-tour, vaut mieux aller chercher de l'aide en bas.

Gary confirma :

— Oui, ce serait n'importe quoi de remonter, on continue, faites attention où vous mettez les pieds.

Les sept hommes arrivèrent l'un après l'autre sur le sol à nouveau plat, se jetant sur le corps inanimé de Carl.

— Il ne respire plus c'est foutu.

*

— Cela fait bientôt deux heures qu'on attend à cet endroit et rien ne se passe, aucune intervention de leur part!

— Ils ne savent pas ce qui est arrivé en même temps.

— Oh que si, ils savent ce qui est arrivé. Mike vient m'aider, fais-moi la courte échelle.

Ce dernier s'exécuta et croisa ses doigts pour permettre à Steven d'accéder aux premières branches du houppier d'un petit arbre.

— Tu as vu ce qu'on a là?

— Ouais une autre caméra orientée vers nous, donc c'est sûr, ils ont conscience de la situation.

L'individu descendit avec l'objet en main.

— Dernière technologie, sans fil avec sans doute une autonomie importante et le plus surprenant, tu vois ces petits trous en dessous ?

Le jeune homme hocha la tête.

— C'est un micro à hautes performances, ce qui se fait de mieux, je ne pense pas qu'ils peuvent parler à travers ceux-ci, en revanche c'est quasiment certain qu'ils peuvent entendre nos conversations.

Gary fit remarquer au reste du groupe la présence de plusieurs de ces appareils dissimulés en partie dans les feuillages d'arbres, arbustes et bois morts jonchant le sol.

— Il y en a partout, nos moindres faits et gestes sont épiés !

— Il faut qu'on reprenne notre chemin, sinon on n'atteindra jamais l'objectif avant la fin de la nuit.

— Et Carl on en fait quoi ?

— On a fait le maximum, il faut le laisser à l'ombre parce que le soleil tape énormément et aller chercher de l'eau.

Loïs s'indigna :

— À l'ombre ? Espèce d'idiot ! Il ne respire plus et tu veux le laisser à l'ombre, il n'y a plus rien à faire, nous devons retrouver les membres de la prod' et les prévenir qu'on va porter plainte contre eux ! Vous allez voir, pour préjudice moral on va tous l'avoir notre récompense financière.

N'ayant pas du tout aimé la réaction de ce dernier, Steven s'énerva de plus belle :

— Alors de une, si tu me retraites d'idiot, je peux te jurer que ça va mal se passer pour toi…

— Ah ouais tu vas faire quoi ?

— … et de deux t'es qu'une merde toi, tu penses qu'au pognon !

Daniel intervint en se mettant entre les deux hommes :

— Allez les gars arrêtez. C'est normal qu'on soit désemparé avec ce qui vient d'arriver, mais on doit tout de même essayer de se calmer. On va se remettre en route, nous saurons quoi faire une fois là-bas.

Holly

— Alors comment va Manon, tu as pu lui parler ?
— Non elle veut rester seule, il n'y a plus beaucoup d'espoir concernant son petit copain.
Les invités avaient eux aussi assisté à la chute de Carl, impuissants et affolés par le dénouement. Le plateau-repas du midi leur avait été servi, mais beaucoup d'entre eux n'y avaient pas touché. Ils suivirent le parcours de leur relation à travers les bois, sentiers et chemins en quête de gagner le point d'eau. Tous déconcertés par la quantité et la diversité intarissables des points de vue projetés sur l'écran géant. Ils avaient à leur tour compris le gigantesque déploiement de moyens mis en place par leurs ravisseurs, afin de les immerger de la façon la plus intrusive dans l'aventure vécue par leurs proches.
— Le jour commence à tomber et ils ne sont toujours pas arrivés, pourvu qu'ils y parviennent, l'autre fou a annoncé une nuit agitée.

*

— Regardez ! Enfin on aperçoit un puits, je pense qu'ils y sont.
Le groupe orienté en direction de l'écran était mal à l'aise en raison des sanglots de Manon en fond sonore. Ils craignaient tous pour l'avenir de leur partenaire, se doutant bien que nombre d'épreuves leur étaient destinées.
— Oui ce doit être ça, qu'ils se dépêchent d'établir un bivouac.

Ils observèrent ainsi les sept aventuriers restants remplir leur gourde attitrée trouvée sur place et les bouteilles que chacun possédait. Cette fois encore, la zone où ils se trouvaient était relativement nue et ne proposait que peu d'éléments leur permettant de fabriquer une cabane pour passer la nuit. Mike et les autres parvinrent tant bien que mal à confectionner un abri avec les quelques troncs et branches récupérés à proximité. Celui-ci fait à la hâte, ne dépassait pas les cinquante centimètres de hauteur, offrant simplement la possibilité aux individus de se glisser dessous pour être au sec en cas de pluie. Une ambiance lourde et tendue dominait sur le camp, les hommes échangèrent peu de paroles. Après quelques cigarettes consumées, tous allèrent se coucher.

Mike

Ce soir-là personne ne trouva le sommeil. Mike, sur le dos et les yeux grands ouverts, se remémorait la chute de Carl, dont le hurlement glaçant et parfaitement audible dans sa mémoire, provoquait chez le jeune homme des frissons lui traversant le corps tout entier.

*

Au fur et à mesure que les heures passaient, le vent s'intensifiait faisant entrer les grosses gouttes de pluie par les côtés de l'abri. Il fragilisait sous l'assaut des bourrasques de plus en plus fortes revenant intempestivement à la charge, s'infiltrant dans les moindres recoins et soulevant chaque fois un élément de plus constituant la cabane.

— Elle va céder les gars, elle ne va pas résister je vous dis ! gueulait Gary en retenant de toutes ses forces un côté de l'édifice.

Daniel demanda :

— Qu'est-ce qu'on fait ?

— On se tire mais pour aller où ?

Le grand gaillard reprit la parole :

— Soyez lucides vous voyez bien que ça ne va pas tenir indéfiniment, c'est de pire en pire le temps. Prenez tous votre sac, on va devoir courir chercher un meilleur abri. C'est chacun pour sa pomme par contre et dès que ça se calme on essaie de se retrouver. Je vous souhaite bonne chance les mecs !

— Attends ! s'écria Barry. On fait comment…

Le groupe fut surpris par un énième coup de vent très puissant...
— ... on fait comment pour sortir de là, on balance tout ?
— Non on va partir un par un, je veux bien rester le dernier avec Mike, comme ça on retiendra la cabane suffisamment longtemps pour que vous puissiez tous vous extirper.
Ce dernier blotti contre Macho ne broncha pas.
— Loïs tu pars le premier et ainsi de suite jusqu'à Daniel, vous avez compris ?
Personne ne répondit, l'intensité des rafales de vent s'accroissait, la pluie battante les assourdissait.
— Mais pour aller où ? Pour aller où ?
Gary perdait patience, il était évident qu'ils allaient bientôt lâcher.
— Tu te démerdes ! Il faut que tu sauves ta peau, allez go go go !
Loïs rampa sur le dos en tirant son sac avec lui, il fut rapidement à découvert. Complètement désorienté, il se releva et mit presque une minute avant de prendre une décision, laissant le temps à Barry de sortir à son tour. Lorsqu'il vit ce dernier se mettre immédiatement à courir, il en fit de même dans le sens diamétralement opposé. Puis ce fut à Steven, dans l'agitation le corps frêle du jeune homme tenait à peine debout, frappé de tous côtés par les coups de vent toujours plus violents. Sony et Daniel déguerpirent à leur tour se mettant eux aussi à fuir le plus vite possible. Les deux compères restants n'eurent pas le temps de se mettre d'accord sur le dernier partant, lorsqu'une mini-tornade emporta la structure tout entière laissant le binôme à nu encore allongé sur le sol. Gary fut le plus rapide et prit ses jambes à son cou, tandis que Mike n'eut pas le temps de se relever et fut subitement traîné sur plusieurs mètres par son chien dont il s'était enroulé la laisse autour de l'avant-bras. Cependant, il tint bon, réussi à se relever et se carapata en cherchant désespérément un endroit où se mettre à l'abri. En vain, le binôme s'engouffra dans un bois, avançant tant bien que mal, le pas ralenti par les nombreux branchages et feuilles projetés par le vent dans

leur direction. Le jeune homme fit une première tentative et tira son animal derrière un petit talus, mais pas suffisamment couverts ils reprirent leur périple le corps courbé sous la puissance des rafales. Accompagné d'un grondement de tonnerre fracassant, un chêne gigantesque s'abattit juste devant eux, dans son esquive l'individu perdit ses appuis sur le sol boueux et tomba brusquement par terre, laissant son compagnon s'échapper, la laisse encore accrochée au cou.

— Macho !

Il reprit plus fort :

— Macho !

Encore sonné par sa chute, les yeux entrouverts il aperçut le chien tourner autour de lui à une dizaine de mètres, incapable de le rejoindre trop effrayé par le déchaînement des éléments.

*

La tempête dura jusqu'au petit matin. Mike était resté là, couché au sol sous les débris de la forêt s'accumulant sur lui pendant presque trois heures. Découragé par l'agressivité du ciel s'abattant ainsi, il n'avait même pas réitéré de tentative pour s'extirper. Après réflexion, il avait conclu que tenter de trouver refuge au milieu de ce déluge n'aurait fait qu'augmenter les chances de se blesser ou plus grave encore. Tout ce temps sans bouger sous l'agression constante du vent l'avait éreinté, autant que s'il s'était longuement débattu pour échapper aux griffes de cet assaillant inexpugnable. Les éléments se calmèrent, la pluie cessa, la puissance du vent décrut pour devenir quasiment nulle et l'orage se tut. L'expression « le calme après la tempête » n'avait jamais eu meilleure illustration. Reprenant peu à peu ses esprits, toujours assommé par ce cataclysme, il ôta les branchages et se releva, en partie recouvert de terre encore humide. Le visage marqué par la fatigue, il constata avec effroi la scène postapocalyptique. Autour de lui, aussi loin que son regard pouvait apercevoir, le paysage s'était entièrement déformé durant ces quelques heures. Bon nombre d'arbres étaient brisés ou dessouchés, les branches cassées jonchaient le sol ou étaient perchées dans d'autres sujets, la boue s'était déposée un peu partout, emportant avec elle des milliers de pierres disséminées ici et là. Le jeune homme resta un moment sans voix lorsque Macho fit apparition, tout content de retrouver son maître.

— Oh c'est bien mon chien, c'est bien.
Il se mit à genoux pour le serrer dans ses bras.
— Où t'étais-tu abrité ? Hein ?
Les léchouilles de l'animal euphorique le firent basculer en arrière.
— Arrête, c'est bon, moi aussi je suis heureux de te revoir.
Il se releva, remettant l'anse de son sac sur son épaule.
— Allons chercher les autres.

*

— Ça va mon pote ?
Il se tourna vers sa gauche et vit celui avec qui il avait eu jusqu'ici le plus d'affinités.
— Daniel ! Tu es là, je suis tellement content de te revoir. Tu es le premier que nous retrouvons.
Les deux amis se serrèrent la main avec entrain.
— Qu'est ce qui t'est arrivé ? Tu es trempé.
— Je suis dégoûté, j'ai couru tellement vite sans regarder devant moi que je suis tombé dans la rivière, j'y ai malheureusement perdu mon sac. Et regarde…
L'homme dépité, pointa du doigt les roches plates jouxtant le cours d'eau.
— C'est quoi ? fit Mike en fronçant les sourcils et se rapprochant de quelques mètres. Ah merde ce sont tes cigarettes.

— Oui, comme tu peux le voir il ne me reste que les feuilles et le paquet de tabac qui sont mouillés, j'ai dû perdre les filtres dans l'eau.

— Ce n'est pas grave, j'ai pu conserver mes blondes dans mon sac, les tiennes finiront par sécher. Tu ne veux pas te déshabiller pour étendre tes affaires au soleil ?

— Ouais, ça fait une heure que je suis assis là, en attendant que quelqu'un passe, puis je t'ai entendu avec Macho. De toute façon je n'avais pas de fringues de rechange comme l'avaient demandé ces enfoirés.

Il soupira en s'asseyant.

— Allez mets-toi en caleçon, essore tes habits ils seront rapidement secs maintenant qu'il fait beau.

Le jeune homme se déchaussa, commença à se déshabiller et reprit :

— Moi aussi je suis dégueu, je vais me laver ainsi que mes vêtements dans la rivière. Bon je t'avoue, j'avais prévu un short et un t-shirt en plus, malgré les consignes de la production.

Daniel vint le rejoindre dans l'eau, tous deux se racontèrent les péripéties qui leur étaient arrivées durant la nuit.

*

Mike tendit le paquet de blondes à Daniel, ainsi que son feu.

— Merci c'est gentil…

Il tira une latte sur sa cigarette.

— … hey regarde là-bas qui arrive.

Ils se mirent à crier et à faire de grands gestes.

— Oh, hey oh !

Loïs les apercevant au loin, se mit à accélérer le pas sur la berge rocailleuse afin de les retrouver.

— Salut les gars je suis content de vous voir. Vous faites quoi en calbar ?

Daniel rigola en touchant son pantalon.
— On va bientôt pouvoir les remettre.

*

Les trois individus reprirent la route et se mirent à la recherche des autres aventuriers. Ils rencontrèrent rapidement Sony et Gary qui s'étaient trouvés un peu plus haut dans la vallée, puis Steven et en dernier Barry. Ce dernier s'était blessé en chutant dans la nuit mouvementée et se plaignait de sa cheville qui lui faisait sérieusement mal.
— Il faut qu'on bouge de là, encore une fois ça va faire deux heures qu'on attend et personne ne se manifeste. Je commence à en avoir plein le cul de ce jeu. On va trouver une manière de quitter les lieux.
Sony leva la tête, s'adressant ainsi au groupe :
— Je pense qu'il faut prendre de l'altitude, vous voyez cette petite montagne, on n'a qu'à la gravir et de là-haut je suis sûr qu'on pourra découvrir comment partir d'ici.
Daniel et Mike regardèrent Barry grimacer avant de se dévisager, pensant tous deux à la même chose, que ce serait bien compliqué pour celui-ci de suivre l'excursion.
— Ça ne va pas être possible pour moi les gars, ma cheville me fait trop mal, je vais vous attendre à cet endroit et vous m'enverrez de l'aide.
Steven se redressa.
— On ne laisse personne ici, on va t'aider, tu vas prendre ton courage à deux mains mais tu viens avec nous. Tu as vu comme moi le secours qu'ils ont apporté à Carl ? Je suis certain qu'il est encore en train de moisir en bas de la falaise, que personne n'est venu récupérer sa dépouille. Il aura le temps de se décomposer dix fois avant que quelqu'un n'intervienne !
— Ne dis pas ça, c'est horrible.

— Mais c'est la vérité, ce sont des fous ces gens-là ! Des pervers, ils prennent un plaisir jouissif à nous regarder souffrir ! Donc on dégage et tu pars avec nous !

*

Le groupe avait repris sa route depuis un petit quart d'heure seulement, lorsqu'ils furent stoppés de nouveau par la voix de Monsieur Levinski.
— Bonjour mes chers amis…
— Va te faire foutre on a failli crever avec cette tempête !
— … ouh là là, il va falloir arrêter de m'interrompre et surtout arrêter d'être aussi vulgaire Steven, sinon je vais sévir. Allez Barry on n'attend plus que toi.
Quelques mètres derrière, le jeune homme handicapé par sa blessure peinait à suivre le rythme.
— Bon, je reprends, donc je vous saluais et venais jauger le moral des troupes. Vous aviez été prévenus que la nuit serait compliquée, je ne mens jamais… ou très rarement. Pour commencer j'ai une bonne nouvelle, vous empruntez la bonne direction, l'aventure va quant à elle bientôt évoluer. Jusqu'ici vous l'avez abordée tous unis, dorénavant cela va changer, pour les prochaines étapes vous devrez avancer en duo.
— Quelles prochaines étapes, qu'est ce qui nous attend ?
— Vous êtes trop impatients, laissez-vous guider et tout ira bien. Formez quatre binômes, enfin trois et une personne sera toute seule, ne vous inquiétez pas elle ne sera pas forcément désavantagée.
Steven s'énerva de plus belle :
— Vous l'avez laissé mourir mon coéquipier !
— C'est fort regrettable, toute la production en est bien consciente, c'est contraignant pour la suite du jeu, nous n'avions pas prévu une élimination aussi rapide et accidentelle surtout.

Tout en silence, le garçon baissa la tête et de grosses larmes se mirent à couler le long de ses joues.

— Allez, décidez-vous et donnez-moi vos compositions d'équipes.

Après quelques secondes d'hésitation à se regarder les uns les autres, Sony prit l'initiative de répondre en premier :

— Je vais me mettre avec Barry...

Il se tourna vers la personne concernée et lui adressa un hochement de tête confirmant son choix.

— ... il est blessé et moi je m'en fiche de gagner, tant que tout le monde continue l'émission en bonne santé. Je l'aiderai donc à marcher pour la suite du parcours.

Le reste du groupe, étonné par ce geste de fair-play et de bienveillance, fut globalement bien content de ne pas avoir la lourde tâche de se dévouer et sûrement mettre son aventure en péril.

— Ok, moi je serai tout seul, cela me convient.

Nul ne fut surpris par la décision de Gary, tandis que Loïs s'avança et mit sa main sur l'épaule de Steven qui continuait à sangloter.

— On se met ensemble Monsieur Levinski.

— Très bien, Daniel et Mike vous formez donc le dernier duo.

Ces derniers qui n'avaient pas eu besoin de parler, furent satisfaits de la constitution logique des équipes.

— Vous pouvez maintenant continuer d'avancer, comme je vous l'ai dit précédemment vous êtes en bonne voie. Lorsque vous arriverez à la prochaine plateforme de terrain dégarni, vous recevrez les indications et comprendrez pourquoi il vous a été demandé de former des groupes de deux. Bonne continuation.

HOLLY

— Barry a vraiment du mal à marcher, heureusement qu'ils sont soudés et ne le laissent pas tomber.
— Ils vont finir par le porter si ça se trouve.

L'unique entrée de la pièce s'ouvrit, deux hommes armés rentrèrent en premier, suivis de Monsieur Levinski accompagné par deux autres individus derrière lui, tenant également des mitraillettes. Les ravisseurs se positionnèrent devant leurs spectateurs, formant un losange autour du maître des lieux.

— Bonjour ! Manon, désolé pour ce qui est arrivé à votre petit copain, vous pourrez bientôt voir son cadavre.

La jeune femme toujours assise sur le bord de son lit se mit à pleurer.

— Aujourd'hui vous n'aurez pas de plateau-repas à midi. Le fait que l'on réfléchisse mieux le ventre plein est une idée reçue et vous allez devoir vous concentrer un maximum. La faim ressentie que l'on ne peut pallier dans l'immédiat, libère naturellement des hormones dites de survie dans le corps humain et ainsi, décuple les capacités intellectuelles, enfin pour quelques-uns d'entre nous… Vos proches vont avoir besoin de vous ! Comme vous l'avez constaté je leur ai demandé de constituer des duos qui seront déterminants par la suite, j'ai donc besoin à présent que vous formiez les mêmes binômes en tant qu'invités.

Certains commencèrent à se rapprocher de leur partenaire.

— Voilà je vois que vous avez compris, Holly la petite amie de Mike se met avec Laura, la femme de Daniel. Véronique la mère de Steven va avec Édouard, le frère de Loïs. Clara la conjointe de Barry se retrouve avec Gabriel, le meilleur ami de Sony. Tandis qu'Isabelle, la maman de Gary se battra pour son fils.

La porte blindée coulissa de nouveau pour laisser s'introduire un cinquième garde, cette fois-ci l'arme accrochée dans le dos et tirant une malle relativement imposante.

— La règle est très simple. Mon ami ici présent…

Il se tourna d'un quart de tour et fit un geste de la main en direction du dernier entré.

— … a ramené le jeu auquel vous allez devoir vous affronter en équipe ou seule pour madame. Nous allons vous laisser le découvrir et vous amuser tous ensemble, afin de déterminer un classement entre vos groupes. Cet ordre conditionnera la suite de l'aventure pour vos proches. En effet, ils vont également devoir se confronter à un concours mêlant réflexion et précision, mais les différentes aides qui leur seront accordées ainsi que les récompenses, seront distribuées en fonction de vos résultats. Les vainqueurs parmi vous, feront ainsi remporter un avantage crucial à votre duo respectif pour leur épreuve à eux. Le binôme arrivé en seconde position dans cette pièce, permettra au duo à l'extérieur d'obtenir une aide légèrement moins qualitative et un lot moindre. Et ainsi de suite, tandis que les derniers de votre jeu malheureusement, ne débloqueront pas d'avantages pour leurs proches, il leur sera attribué d'office le butin le plus nul. On peut même clairement dire, qu'ils auront un désavantage… Ai-je été assez clair ? Nous allons maintenant vous laisser concourir. Un conseil, leur route est longue mais ils arriveront tout de même en milieu d'après-midi. Votre activité à vous dure longtemps, donc dépêchez-vous de finir la partie, sinon ils seront tous handicapés pour la leur. Alors je vous souhaite bonne chance et que la, ou les meilleurs gagnent !

La malle fut laissée par terre au milieu de la salle et les individus repartirent. Édouard fut le premier à s'en approcher, il l'ouvrit et les autres, attentifs, se mirent autour de lui.

— Je n'y crois pas, c'est un Trivial Pursuit !

Il tendit une feuille à Laura et continua à en sortir le contenu. Cette dernière se mit à lire à haute voix :

— Je suppose que vous connaissez tous ce jeu célèbre dans le monde entier ! Grâce à un tirage au sort réalisé en amont dans les règles de l'art, nous avons déterminé l'ordre de passage. Le premier groupe à s'élancer sera Laura et Holly, puis Gabriel et Clara, ensuite Isabelle, Véronique et Édouard fermeront la marche. Vous trouverez ci-dessous les règles officielles :

1. Lancez le dé et déplacez votre camembert d'autant de cases qu'indiqué par le dé. Vous pouvez choisir n'importe quelle direction.

2. Le joueur situé à votre gauche prend une carte sur le devant du paquet et lit la question correspondant à la couleur de la case sur laquelle vous vous trouvez. Une fois la question lue, il démarre le timer électronique.

    a. Si vous répondez correctement avant que le timer n'émette le bip de fin et que votre camembert ne se trouve pas sur une case Quartier Général de Catégorie, vous rejouez.

    b. Si vous répondez correctement avant que le timer n'émette le bip de fin et que votre camembert se trouve sur une case Quartier Général de Catégorie, prenez un triangle marqueur de la couleur correspondante et placez-le dans votre camembert. Relancez le dé pour répondre à une nouvelle question. Si vous possédez déjà ce triangle marqueur, considérez cette case comme une simple case de couleur.

    c. Si votre réponse est inexacte ou que vous ne pouvez pas répondre dans le temps imparti, votre tour est terminé. C'est au joueur situé à votre gauche de jouer.

    d. Lorsque vous avez obtenu les six triangles marqueurs de couleur différente, retournez jusqu'à la case centrale du plateau, sachant que vous ne pouvez accéder à cette case qu'avec un nombre de déplacements correspondant exactement à votre lancer de dé. Les autres joueurs (sans regarder les questions de la prochaine carte) définissent la catégorie de la dernière question à laquelle vous devez répondre. Si votre réponse est inexacte, vous devez attendre le tour suivant pour tenter à nouveau votre chance (vous n'avez pas besoin de quitter la case centrale pour y revenir). Si vous répondez correctement à la question, vous remportez la partie.

Les enceintes se mirent à émettre :

— Je désire avoir une bonne vue d'ensemble sur votre partie, c'est pourquoi le plateau et les pièces sont un peu plus grands que les originaux. Isabelle ainsi qu'un membre de chaque binôme, devra pousser son camembert sur les cases correspondantes et y rester avec jusqu'au dernier tour. Les trois individus restants seront au bord du plateau pour lancer le dé et lire les questions. Cependant, les deux membres du duo ont le droit d'y répondre. Encore une fois, je vous souhaite bonne chance !

Les invités s'empressèrent de déplier le plateau en plastique souple, celui-ci avait en effet un diamètre d'une dizaine de mètres, les fromages avaient la taille d'un pneu de voiture et les triangles ne pesaient pas loin de deux kilos. La doyenne informa qu'elle était la seule à n'y avoir jamais joué, sans pour autant paniquer plus que ça, confiante en sa culture générale. Les six autres individus lui réexpliquèrent les règles de façon simplifiée et ajoutèrent qu'elle comprendrait rapidement le principe, notamment en observant les premiers participants. Sans perdre de temps ils débutèrent la partie, tous conscients qu'elle pourrait durer très longtemps au vu de la difficulté des questions traditionnellement rencontrées dans ce jeu.

— Bon, on y va. Laura a lancé le dé, elle a fait trois, que choisissez-vous ?

Debout et placée sur sa case de départ avec son camembert orange, Holly regarda sur sa gauche puis sur sa droite.

— Nous avons le choix entre Géographie ou Sciences et Nature, que prenons-nous ?

Un peu désemparée et stressée par un enjeu qu'elle ne savait jauger, sa partenaire était incapable de faire un choix.

— Je ne sais pas, vraiment fais en fonction de tes points forts.
La compagne de Mike hésitait autant que sa coéquipière.
— Allez, prends une décision et je choisirai pour la prochaine.
Silencieuse, elle se demandait bien ce qu'aurait fait son petit ami s'il était à sa place. Mais voilà, dans ce cas de figure il aurait apprécié les deux catégories et surtout il n'était pas là. Elle devait donc trancher seule, le couple se complétait mutuellement dans la vie de tous les jours, tous deux n'avaient pas les mêmes domaines de prédilection et pour le coup, là rien ne la tentait.
— À gauche! Je vais aller à gauche et nous allons prendre Géographie.
Édouard prit une carte avant d'énoncer à voix haute la question:
— Quelle grande ville d'Europe possède un centre historique composé de sept collines relativement pentues?
Il actionna immédiatement le timer situé derrière eux, lui aussi largement disproportionné. En voyant la moue presque identique s'afficher simultanément sur le visage des deux femmes, tout le monde comprit qu'elles ne connaissaient pas la réponse. Holly fit quand même une tentative, répondant un peu au hasard:
— Belgrade.
Le jeune homme lui rétorqua la bonne réponse, avec les dernières secondes de musique du compte à rebours en fond sonore:
— Non désolé, c'est Lisbonne.

*

La partie continua ainsi pendant près d'une heure, les équipes avancèrent chacune à leur rythme. Isabelle avait eu raison d'avoir confiance en elle, puisqu'elle était en tête avec quatre triangles en sa possession, suivie de près par Laura et Holly, dont le camembert était rempli de moitié. Gabriel et Clara accusaient un léger retard avec deux pièces récoltées. Quant à Véronique et Édouard, ils n'avaient réussi à répondre correctement qu'à une seule question.

Les participants furent interrompus en plein lancer de dé par Joseph Levinski :

— Mes chers camarades, je vois que vous avancez plutôt bien, cependant je dois vous dire que je suis également surpris par nos amis qui marchent assez vite et ce, malgré la cheville douloureuse de Barry. Si vous ne terminez pas rapidement, j'ai bien peur que personne ne remporte d'avantage et que la suite se complique pour tous nos aventuriers. Il faut absolument que le classement soit établi avant qu'ils ne parviennent au prochain point de rendez-vous.

Manon jusque-là toujours assise sur son lit et qui n'avait pas le cœur de suivre le jeu, se leva brusquement, se mettant à crier en direction d'un des haut-parleurs :

— Faites-moi sortir ! À quoi je vous sers ? Vous n'avez plus besoin de moi, Carl est mort alors laissez-moi sortir.

Aucune réponse n'émana de l'enceinte accrochée au plafond. La fille se jeta à plat ventre sur son lit, en pleurs le visage dans ses mains.

— Allez on se magne, j'ai fait un quatre.

*

L'ordre des concurrents n'avait pas bougé et ils venaient de dépasser les deux heures d'épreuve. Clara posa une question Sports et Loisirs. Édouard, grand sportif devint très confiant, déclarant à sa partenaire que c'était maintenant ou jamais pour refaire leur retard.

— Quelle marque de jouets vient du danois « joue bien » ? leur demanda-t-elle en appuyant sur le gros bouton surplombant le timer.

— Attends, mais ce n'est pas du sport ça ! Putain, ce n'est pas possible je ne connais pas la réponse ça me gave, ils vont crever par notre faute !

Véronique supplia son binôme de ne pas s'énerver et de se concentrer. L'énonciatrice pensant bien faire reposa la question :

— Quelle marque de jouets vient du danois « joue bien » ?

— Oui c'est bon pas besoin de répéter j'suis pas con non plus, lui répondit l'interrogé sur un ton très agressif.

Gabriel situé sur une case rose à l'autre bout du plateau répliqua :

— Oh tu te calmes tout de suite, tu n'as pas à lui parler comme ça, ce n'est pas sa faute si t'es inculte !

Les notes de xylophone jouées par le timer étaient en parfaite adéquation avec l'atmosphère régnant dans la salle, la cadence et les variations de tonalité rendaient l'ambiance à la fois stressante et énigmatique quant à la tournure des choses. Le bip final retentit et un simple regard noir entre les deux hommes ponctua la scène. Deux mauvaises réponses consécutives données par Isabelle permirent à Holly et Laura de prendre la tête, obtenant ainsi une première chance pour prétendre à la victoire finale.

— Après concertation, nous avons choisi la catégorie Histoire. Comment a-t-on appelé la frontière de barbelés érigée entre l'Europe de l'Ouest et l'Europe de l'Est pendant la guerre froide ?

La compagne de Mike eut d'un seul coup des étoiles dans les yeux et se tourna émue, un grand sourire aux lèvres face à sa coéquipière.

— Je crois que je l'ai Laura.

— Tu es sûre ? lui demanda la femme tout enjouée.

— Oui. Le rideau de fer, répondit-elle, attendant impatiemment le verdict, le souffle coupé.

— C'est une bonne réponse les filles, vous avez gagné.

Les compères exultèrent, Laura vint sauter dans les bras de sa partenaire.

— Oui bah c'est bon, pas obligées de nous éclabousser avec votre joie, c'est que du cul d'abord !

Très étonnées par cette réaction virulente de la part d'Isabelle et gênées d'avoir possiblement offusqué les autres participants, elles regagnèrent toutes deux le bord du plateau, tandis que le jeu reprit.

— Elle montre enfin son vrai visage, elle est mauvaise cette femme, c'est moi qui te le dis.

— Tu crois ? On a peut-être manqué de respect en exhibant ainsi notre satisfaction.

La mauvaise perdante décrocha malgré tout la deuxième place, Gabriel et Clara finirent troisième, alors qu'Édouard et Véronique prirent sans surprise la dernière place qu'ils avaient occupée durant toute la partie. Cinq bonnes minutes passèrent, certains rangeaient les pièces et repliaient le plateau, quand Levinski intervint :

— Magnifique, ce fut une belle épreuve, avec des rebondissements et des prises de bec comme je les aime. Nous savons maintenant comment attribuer les différentes aides et à qui donner les meilleures récompenses. Soyez patients ils ne vont pas tarder à rejoindre l'endroit souhaité, il leur reste à peine deux kilomètres, juste de quoi vous remettre de vos émotions. Préparez-vous à bien plus de suspense, car ce qui les attend est un peu plus palpitant…

Mike

— Les gars, je vous propose de faire une petite pause, on l'a bien méritée et il faut que je nourrisse Macho.

La bande s'arrêta au milieu d'un sentier. Mike sortit la gamelle de son sac et la remplit de croquettes, commençant déjà à réduire les portions, il craignait pour son animal que l'aventure ne dure plus longtemps que cinq jours. Le jeune chien se jeta dessus.

— Doucement, tu n'en auras pas d'autres avant ce soir donc savoure.

Certains allumèrent une cigarette, d'autres mangèrent un morceau parmi les maigres restes de nourriture en leur possession.

— Ça y est, je n'ai plus d'eau. J'espère qu'il y en a là-bas, parce qu'on va vite tomber sinon. On peut tenir près d'une semaine sans manger, mais sans boire on ne survivra pas plus de deux ou trois jours.

— Allez les mecs dans deux minutes on repart.

— Regardez aux pieds de ces arbres, c'est la quatrième caméra qu'on retrouve par terre.

— Ils le savaient mieux que nous qu'il y aurait une tempête, fallait les attacher plus solidement.

Loïs fit quelques grimaces et plusieurs gestes ostentatoires devant l'objectif du petit appareil, puis le balança le plus loin possible, avant de rejoindre le reste de l'équipe déjà repartie.

*

En chef de file, Sony fit stopper le groupe d'un geste de la main.
— Vous voyez la plateforme là-haut, ça ne fait aucun doute c'est à cet endroit que nous sommes attendus.
— Putain ça monte drôlement.
Gary s'adressa à Loïs :
— Tu pourrais éviter d'utiliser « putain » dans toutes tes phrases, merci.
— Attendez mais c'est quoi toutes ces petites taches de couleurs qu'on voit ?
— Je ne sais pas, le meilleur moyen de le découvrir c'est de se bouger le cul. Ça va Barry, tu tiens le coup ?
Dernier du cortège, le garçon répondit d'une voix claire :
— Oui c'est bon on avance !

*

Enfin parvenus à leur destination, les aventuriers furent tous estomaqués par ce qu'ils y trouvèrent. Un grand terrain complètement défriché, dévoilant des structures ressemblant à une grande aire de jeux pour enfants.
— Mais c'est quoi ces conneries ?
Ils s'avancèrent pour analyser les lieux, tous sauf Gary ainsi que Mike, méfiants et préférant rester à l'écart. Au milieu de la zone, se trouvait un grand mât avec à son sommet ce qui fut vite reconnu comme étant une multitude de caméras. À la base du poteau de huit ou neuf mètres de haut, il y avait un amas de roches mais plus conséquent que ceux rencontrés auparavant. En son cœur, se trouvaient trois enceintes orientées vers l'extérieur et autour quatre malles placées à égale distance les unes des autres. Le tout enclavé par des dizaines de formes diverses posées au sol et de couleurs variées. Hésitant, Daniel vint jusqu'à l'une d'entre elles pour la palper timidement.

— C'est spongieux, vous savez on dirait la mousse verte qu'utilisent les fleuristes pour leurs compositions.

À son tour, Sony s'approcha d'une des structures.

— Elles pèsent leur poids ! En tout cas les plus grosses sont insoulevables.

Barry fit remarquer autre chose à ses camarades :

— Il y a des ronds au sol aussi, vous en comptez combien ?

Loïs interpella ce dernier :

— Ta cheville Barry ! Elle a triplé de volume ! Pourquoi tu ne nous l'as pas dit ? On aurait fait une pause.

— Je ne voulais pas être un boulet pour vous et puis faut pas toujours s'écouter, il faut savoir se faire violence parfois !

Ils ne purent continuer leur conversation, puisque sans trop de surprise Joseph Levinski prit la parole :

— Mes chers amis ! Heureux de vous retrouver pour votre premier véritable jeu. Concentrez-vous bien, car je vais maintenant vous donner un grand nombre d'informations. Tout d'abord, une nouvelle qui risque pour quelques-uns de vous énerver, pour d'autres de vous inquiéter, mais ne vous faites pas trop de soucis, ils sont tout comme vous très bien traités.

Décomposé, Mike fixa immédiatement Daniel en collant ses mains devant son visage tout en effectuant de petits pas frénétiques.

— Je vois à la réaction de certains, qu'ils ont très bien compris ce que je voulais vous dire.

En effet, le jeune homme se rappela l'extrait dans la lettre évoquant le rôle primordial que jouerait Holly au cours du tournage de l'émission.

— Pour chacun d'entre vous, un proche a été convoqué et invité en mes lieux, bon on peut le dire maintenant détenu contre son gré…

Il ne put s'empêcher de se couper lui-même avec quelques ricanements nerveux. Prenant conscience de la situation, les auditeurs furent rapidement pris de colère et se mirent tous à marmonner des injures à l'encontre de leur ravisseur.

— Sachez qu'ils sont ensemble dans une pièce, où des couchages et des vivres leur ont été distribués. Ils n'ont pas à franchir de nombreux obstacles comme vous pour se sustenter, de plus leur intégrité physique sera assurée tout au long de l'aventure, tant que vous respectez le cadre mis en place par la production. Ils ont plus tôt dans la journée participé à une partie de Trivial Pursuit, en binôme également, permettant ainsi d'établir votre ordre de passage, l'attribution des avantages et des récompenses. Il va falloir impérativement vous remettre de cette nouvelle et vous focaliser sur les règles du jeu auquel vous allez participer dès à présent. Les voici, tout d'abord retournez à la fin du chemin débouchant sur ce terrain, sur votre gauche en arrivant, deux gros sacs sont cachés dans le groupement de buissons, ramenez-les ici pour que je puisse vous donner les consignes suivantes.

— Laisse Daniel, ça ne sert à rien de tous y aller, ils ne doivent pas peser une tonne non plus.

Les deux acolytes observèrent la scène de loin et furent tout de même surpris par la grandeur de ceux-ci. Avant que les autres ne soient revenus, Monsieur Levinski s'adressa au jeune homme :

— D'ailleurs toi, va donc attacher ton chien à un tronc d'arbre plus loin. Il ne te sera d'aucune utilité pour ce jeu.

Ce dernier s'exécuta.

— Ne t'inquiète pas Macho, je reviens vite, lui chuchota-t-il en lui caressant le dessus de la tête.

— Je vous ai demandé ce matin de former des groupes et bien c'est à partir de maintenant que vous allez poursuivre votre périple à deux. Vous concourez individuellement mais vos destins seront intimement liés, sauf pour Gary qui ne pourra compter que sur lui-même. Dans un des sacs que je vous ai fait rapporter, il y a sept carquois nominatifs contenant le nombre de flèches que vous ont fait gagner vos proches. Neuf dans celui de Daniel et Mike, six pour Gary, Sony et Barry vous en aurez quatre chacun, tandis que Steven et Loïs n'en auront que trois en leur possession. Dans l'autre sac vous trouverez vos arcs, ils sont tous identiques. Munissez-vous de votre équipement et rejoignez une plateforme que vous trouverez au milieu des formes de couleur, ce sont les croix vertes au sol, entourées par un rond blanc. Durant l'épreuve, je serai l'arbitre, c'est moi et uniquement moi qui vous donnerai les instructions. Vous avez devant vous des structures en mousse de tailles variables et de couleurs différentes, jaunes, rouges ou bleues. Ce sont les cibles, à tour de rôle vous devrez en toucher une de la couleur que je vous indiquerai, attention la flèche devra rester plantée dedans sinon l'essai ne sera pas validé. L'objectif est d'effectuer trois tirs réussis. Ainsi, ceux qui ont neuf flèches auront en moyenne trois essais par cible, deux pour Gary qui a six munitions, Sony et Barry n'auront qu'une seule fois le droit à l'erreur, alors que Steven et Loïs verront leur gain perdu à jamais au moindre échec. Les récompenses venons-en. Vous avez pu remarquer la présence de quatre coffres présents au centre de l'aire de jeu. Ceux-ci sont scellés et impossibles à ouvrir manuellement, ils contiennent les butins attitrés aux quatre équipes. Si vous remplissez le contrat je déverrouillerai à distance celui qui renferme votre lot, pour les perdants vous ne connaîtrez pas le contenu. Ah oui, je connais la bienveillance et le goût de l'entraide que possèdent certains d'entre vous. Un petit conseil, gardez vos acquis pour vous, ne les partagez pas avec ceux qui deviennent à partir de maintenant vos adversaires et qui pourraient bien vous empêcher d'accéder à la victoire finale. Préparez-vous la partie va commencer !

*

— Avantage supplémentaire, Mike tu es le premier à t'élancer, puis ce sera à Daniel de tenter sa chance. La couleur piochée au hasard est... tada le bleu !

Le jeune homme troublé par la mise en place rapide de cette épreuve enfantine, semblable à une activité de kermesse et surtout par la nouvelle comme quoi Holly était elle aussi embarquée dans cette histoire, eut bien du mal à faire la part des choses.

— Allez en place, tu dois montrer l'exemple et n'oublie pas que tu es avantagé sur ce jeu grâce à la performance de ta compagne, bats-toi pour elle.

L'aventurier tendit la main derrière son dos pour attraper une flèche qu'il vint apposer perpendiculairement à son arc. Il observa les différentes possibilités, deux structures de la couleur imposée s'offraient à lui, une bien plus grosse que l'autre mais légèrement plus éloignée, ce fut tout de même celle qu'il choisît. Il tendit sa corde, ferma son œil droit, visa et retint son souffle. La tension émanant de la scène silencieuse annonçait l'ambiance qui planerait durant toute l'épreuve. La flèche gicla sans que personne n'eût le temps de la voir s'élancer et vint se planter parfaitement dans la mousse épaisse de la première victime de nos sept compétiteurs. Puis ce fut au tour de Daniel, ce dernier avait précisé à son compagnon de route qu'il en avait fait chez les scouts pendant son adolescence, mais que la technique lui semblait bien loin. Malgré les encouragements de son binôme, il manqua assez largement sa cible.

— Tu as le choix, tu peux retenter de suite ta chance sur la même structure, ou bien attendre ton prochain tour en prenant le risque qu'elle soit touchée entre-temps par un des participants, ou alors qu'une autre couleur te soit donnée, c'est toi qui vois.

— Je préfère observer comment font mes camarades avant de réitérer.

— Très bien, Gary c'est à toi.

*

Mike fut le premier à remporter l'épreuve, n'ayant loupé qu'une seule fois sa cible, il avait su profiter des avantages obtenus.

— Bravo, tu as rempli ta part du marché, il faut maintenant que Daniel fasse de même si vous souhaitez que le coffre se déverrouille.

Ce fut au tour de Gary, il ne lui restait plus qu'une seule structure à atteindre pour percevoir son lot. Pour ce faire il détenait encore trois flèches.

— La couleur tirée au sort est le bleu.

Le grand gaillard analysa pendant plusieurs minutes les objets le concernant encore atteignables.

— C'est trop compliqué ! Toutes les cibles ont été prises et les deux restantes sont à plus de quinze mètres de moi.

Il prit bien le temps de se concentrer et banda son arc en direction de l'une d'entre elles. La forme était assez grosse, mais effectivement très éloignée de sa position et surtout, le poteau ainsi que l'amas de roche situés au centre de l'aire étaient sur sa route. Il tira, sans succès, passant à près d'un mètre de l'objectif. Après de longues observations, l'homme paniqué se tourna vers son voisin de droite, situé sur la plateforme suivante à cinq mètres de lui. Incompréhensif, celui-ci demanda :

— Qu'est-ce qu'il y a ? Je ne peux pas t'aider mec, c'est chacun pour soi là.

Son vis-à-vis déboussolé le fixa, les yeux devenant humides.

— Je suis désolé Loïs, je n'ai pas le choix.

— Quoi tu n'as pas le choix ? Attends mais tu déconnes ou quoi ?

— Monsieur Levinski ! Monsieur Levinski ! cria le joueur complètement perdu.

— Oui Gary je t'écoute.

— Monsieur Levinski, on est d'accord je dois réussir une troisième fois pour remporter le contenu de ma malle ?

— Oui.

— On sait tous que les deux cibles restantes sont inaccessibles ! Donc est-ce qu'on est obligé de viser une structure en mousse, ou bien n'importe quel objet de couleur bleue dans lequel ma flèche tiendra debout sera validé ?

Steven se mit à gueuler :

— Tu as pété les plombs mon gars ? N'y songe même pas je vois à quoi tu penses !

Joseph Levinski prit la parole :

— Attention Steven, si tu sors de ta plateforme, tu seras éliminé, cela voudra également dire que tu ne respectes pas le cadre mis en place par la production de ce jeu, tu mettras ainsi en danger ta maman Véronique.

— Je n'en ai rien à foutre de ton cadre à la con !

Malgré ces mots, le garçon regarda ses pieds et fit bien attention à ne pas dépasser des limites du rond.

— Répondez à ma question !

— Tu dois atteindre quelque chose de couleur bleue pour gagner, c'est aussi simple que ça.

Le reste de la bande unit leurs voix de toutes leurs forces, implorant le forcené de ne rien faire d'idiot qu'il regretterait par la suite.

— Je suis obligé de le faire les amis, je n'ai pas le choix.

En prononçant ces mots l'aventurier se tourna de nouveau vers l'individu situé dans sa ligne de mire, à moitié aveuglé par des larmes naissantes au coin de ses yeux et accompagné par le tumulte des spectateurs qui lui hurlaient d'arrêter. Loïs portait un t-shirt tout simple, blanc, mais plus bas il arborait un joli short couleur bleu roi... D'un geste rapide, Gary arma son tir et ses doigts tenant la corde se relâchèrent. Il avait tiré. Abasourdis, les autres concurrents se turent. Seule la respiration rapide et très forte du ciblé se faisait entendre. Il se tenait debout, le corps tordu dans un dernier espoir d'évitement, la tête tournée et les yeux fermés. La flèche l'avait effleuré. Il eut à peine le temps de reprendre ses esprits, il rouvrit les yeux et vit son assaillant réarmer son arc, les larmes essuyées et le visage bien plus déterminé. Il y avait encore quelques heures, cela aurait été totalement impossible pour Gary de faire une telle chose. Mais lorsqu'il apprit la détention de sa mère, la personne la plus chère à ses yeux, il changea complètement d'optique et tous les moyens lui permettant d'être le vainqueur ultime et ainsi, d'assurer la sécurité de son proche, devinrent légitimes. Il était dans sa bulle, totalement hermétique aux supplications clamées par les autres participants.

— Cette fois je ne te louperai pas.

*

Loïs chuta sur place, son cri fut audible à des kilomètres, faisant envoler les dizaines d'oiseaux nichées dans les arbres aux alentours. Le tireur restait immobile, silencieux et le regard en berne. Le reste du groupe l'incendiait sans pour autant bouger de leur base, en raison des enjeux qui avaient subitement doublé, voire triplé. La flèche, dont le diamètre et le bout étaient assez fins, s'était plantée dans la cuisse du jeune homme, enfoncée de trois ou quatre centimètres.

— Bravo Gary, tu remportes ton épreuve et tu vas pouvoir accéder à ta récompense.

Un des quatre coffres s'ouvrit lentement par le haut, ce dernier s'avança pour en découvrir le contenu. Devant les autres participants devenus muets, intrigués eux aussi de connaître les lots, il en sortit un cabas en toile rigide, contenant deux sandwichs triangles préservés dans un emballage industriel, une petite bouteille d'eau de cinquante centilitres, ainsi qu'une boussole.

— Espèce de pauvre type, tu as tiré sur un camarade pour ça !

— Allons messieurs un peu de retenue, ce n'est qu'un jeu, d'ailleurs nous allons poursuivre. Au suivant !

La partie reprit, probablement encore sous le choc de ce qui venait de se passer, Sony loupa son essai, faisant perdre à lui et son binôme toutes chances de voir leur malle éclore. Barry, grimaçant à cause de sa cheville le rassura :

— Ce n'est pas grave, on n'en a pas besoin.

Aussi improbable que cela puisse paraître, Steven et Loïs parvinrent à faire tous deux un sans-faute. Malgré la pointe encastrée dans sa jambe, le jeune homme atteignit la cible jaune située à deux mètres à peine de lui. Ce fut peut-être une fleur de la part de Joseph Levinski, pris de remords pour ce qui lui était arrivé. Le duo découvrit également un sac avec leurs prénoms brodés au fil rouge dessus, dans lequel il y avait une boussole, ainsi que deux pommes, gain logiquement moindre que celui de Gary, au vu des résultats obtenus par les proches. Le doyen de la bande fut le dernier participant en lice, à ce stade il lui restait deux flèches pour toucher son objectif. La couleur rouge indiquée lui imposait une unique structure droit devant lui, cependant assez petite. Il la manqua lors de sa première tentative.

— Allez Daniel, je crois en toi ! Concentre-toi, pense à ta femme qui a tout donné pour te mettre dans les meilleures conditions.

Saisi par cette façon de voir les choses qu'on venait de lui souffler, l'individu fit abstraction de l'environnement pour mettre toutes les chances de son côté. Il attendit qu'une petite brise cesse et fit partir sa flèche à grande vitesse.

— Ouais ! exulta Mike. Super mon pote ! On a réussi.

Tous se regroupèrent autour du dernier coffre qui s'ouvrit. Conscients qu'il s'agissait de la meilleure récompense, ils étaient impatients d'en découvrir le contenu. Daniel s'empara du cabas. Du fond de celui-ci, il en ressortit deux boîtes en carton à la forme carrée, ne laissant guère de doute quant à ce qu'elles renfermaient, comme tous les autres il trouva une boussole, mais également deux parts de gâteau au chocolat plastifiées et une bouteille d'eau d'un litre cinq.

— Voilà mes amis, tous les gagnants ont reçu leur dû. Avant de vous laisser et de vous souhaiter bon appétit, je vais vous communiquer les indications pour passer à l'étape suivante. Grâce aux boussoles, vous allez pouvoir vous orienter pour récupérer un sac, là aussi attribué en fonction des résultats de vos proches. Il s'agit encore de vivres, ne vous inquiétez pas, je pense notamment à ceux qui n'ont pas gagné d'eau, tout le monde en aura dans son colis.

— On doit s'occuper de Loïs ! Envoyez-nous un médecin ou au moins de quoi le soigner !

— Arrêtez de me couper. Voici les consignes, chaque binôme va devoir parcourir quinze kilomètres en partant de cet endroit, afin de trouver son sac. Mike et Daniel vous irez vers l'est, Gary tu partiras à l'ouest, Steven et Loïs vous devrez suivre le nord, tandis que Sony et Barry chemineront à l'opposé, c'est-à-dire au sud. Est-ce que vous avez bien compris ?

— Avec deux blessés presque incapables de marcher, vous espérez réellement qu'on va parcourir quinze kilomètres ?

— Oh mais je n'espère rien moi, c'est à vous d'espérer, il faut survivre coûte que coûte. Une dernière chose, passez la nuit ici, justement reposez-vous et repartez à l'aube, une longue journée vous attend. Bon appétit et à demain.

Lorsque les enceintes cessèrent, tous se retournèrent vers Gary, se dirigeant vers lui d'un pas menaçant.

— Alors là je vous préviens, n'approchez pas ou je vous casse la gueule un par un !

— Tu as voulu le tuer, tu as déclaré la guerre !

Daniel se mit entre le jeune homme et le reste de la bande.

— Arrêtez, c'est exactement ce qu'ils veulent. Il est fatigué comme nous tous, on finit par agir bêtement à cause du manque de sommeil, la soif et la faim.

— Je voulais sauver ma mère à tout prix, quand j'ai appris qu'ils la détenaient j'ai pété les plombs.

— On est tous dans la même situation que toi, on a tous un proche retenu en otage.

Le vétéran du groupe reprit :

— S'il vous plaît épargnez-le, il faut qu'on reste soudé et surtout qu'on ne perde pas de temps à soigner Loïs.

*

— Franchement les gars, ça a été horrible sur le moment et les dix minutes qui ont suivi mais maintenant, je ne peux pas dire que j'ai très mal.

Les autres aventuriers étaient agenouillés ou debout autour du blessé allongé sur le dos. Il se releva, accoudé sur le haut du corps pour regarder ses soigneurs agir. Seul l'individu jugé dorénavant comme un meurtrier, se trouvait à l'écart du groupe, en train de manger ses victuailles. Daniel prit le commandement des opérations.

— On va devoir l'enlever pour que ça ne s'infecte pas et là tu risques de ressentir un peu plus la douleur, il faudra être courageux. Dans ton malheur tu as de la chance, l'artère fémorale n'a pas été touchée, on a échappé à la catastrophe. De plus, le bout de la flèche n'est pas plus large que la tige, elles ont été conçues pour bien s'enfoncer dans les structures en mousse, mais pas pour tuer. Messieurs il va falloir aller me chercher de l'eau à la rivière en contrebas et me fournir des linges propres. Gary qui écoutait d'une oreille la conversation proposa son aide :

— Je peux vous donner mon t-shirt si cela peut rendre service.

Loïs se remit sur ses coudes.

— Ta gueule toi ! Tu fermes ta gueule !

Le grand gaillard tourna la tête et reprit une bouchée dans son sandwich.

*

— Purée j'ai mal !

— Ne t'inquiète pas, le plus dur est passé, on nettoiera la plaie dès qu'on trouvera de quoi désinfecter. Son docteur prit soin de bien serrer le garrot, ainsi que le bout de tissu déchiré faisant office de pansement.

— Maintenant on va enfin pouvoir profiter de nos récompenses.

Ils se mirent en rond et commencèrent à déguster leurs denrées amplement méritées.

— Sony et Barry, vous êtes sûrs que vous ne voulez pas un bout ça vous requinquerait?

— Oui certain, c'est gentil merci mais on ne le mérite pas et il me reste la moitié d'un paquet de gâteau dans mon sac. Je vais descendre à la rivière pour tremper ma cheville dans l'eau fraîche, ça et une bonne nuit de sommeil m'aideront à me rétablir convenablement pour reprendre la route demain.

— Tiens Macho...

Mike donna à son chien un bout de steak froid, venant du burger remporté.

— ... c'est tout, tu as déjà eu tes croquettes toi.

*

— Sony quand même, un petit morceau de gâteau?

— Allez, je me laisse tenter, merci.

Tous remarquèrent les crispations de Steven qui s'allongea par terre et mit son sac derrière sa tête.

— Ça va?

— Pas trop, je ne sais pas pourquoi j'ai de grosses crampes au ventre d'un seul coup.

— C'est le fait de manger simplement un fruit, ton corps en voulait plus, affirma son voisin qui terminait de grignoter sa pomme.

Loïs jeta son trognon et reprit:

— C'est comme quand tu veilles toute la nuit. Il vaut mieux ne pas dormir du tout, plutôt que sommeiller une heure ou deux. C'est pire après, tu as l'impression d'être encore plus fatigué.

— N'importe quoi, tu racontes que des conneries.

— Calme-toi, dit Daniel en se rapprochant du jeune homme pour lui mettre la main sur le front. Il a de la fièvre.

— Waouh, moi aussi je commence à avoir mal au bide, il a raison qu'est ce qui nous arrive?

Gary se leva et vint jusqu'au groupe.

— Ça doit être à cause des pommes.
— Qu'est-ce que tu viens nous faire chier toi ?! lança Steven qui se tordait de douleur.
— Je suis d'accord avec lui, ça ne peut être que ça, vous êtes tous les deux malades et il n'y a que ça que vous avez eu en commun dernièrement.
Mike inquiet rajouta :
— Tu penses qu'elles étaient empoisonnées, que c'était ça la vraie sanction obtenue par leurs proches pour avoir terminé derniers au Trivial Pursuit ?
— Je n'en sais rien, c'est possible. Il faut trouver un moyen de les guérir.
Seul Daniel restait à côté des souffrants pour les soutenir. Les autres membres du groupe fourmillaient, affolés par la situation.
— Il doit bien y avoir une solution ! Cherchez les gars, cet enfoiré prend un malin plaisir à nous voir souffrir pour survivre, mais il ne veut pas forcément qu'on meure sinon ils nous auraient tués depuis longtemps. Réfléchissez, réfléchissez !
Tous fouillaient les lieux à la recherche d'un indice, tous même Gary. C'est d'ailleurs ce dernier qui interpella ses camarades :
— Les mecs ! Venez voir. Là dans ce coffre il y a une inscription écrite en petit, on dirait une devinette.
Mike lut la phrase dans sa tête, il n'eut aucun doute.
— C'est ça, j'en suis certain ! « Je suis quelque chose qui leur appartient, mais ce n'est pas eux qui l'utilisent le plus. Qui suis-je ? »
Il répéta la phrase assez fort pour que tout le monde puisse essayer de répondre à l'énigme :
— « Je suis quelque chose qui leur appartient, mais ce n'est pas eux qui l'utilisent le plus. Qui suis-je ? »
Tous s'y collèrent, cependant les minutes défilaient et leur état s'aggravait.
Daniel vint à l'oreille de celui qui était son confident depuis le début de l'aventure.

— Regarde…
Tous deux zieutèrent en direction des mourants.
— … ils sont très mal en point, j'ai peur qu'ils ne tiennent plus très longtemps. Leur teint devient gris et ils dégoulinent de sueurs froides.
Steven se mit à convulser sous leurs yeux, ce qui fit revenir le doyen à leurs côtés.
— Allez les gars tenez bon !
Loïs pleurait, il agrippa ce dernier par le t-shirt, le fixant les yeux injectés de sang, sans qu'aucun mot ne puisse sortir de sa bouche.
— Leur prénom, prononça-t-il timidement au milieu de toute cette agitation avant de réitérer un peu plus fort. Leur prénom.
Mike arrêta de gesticuler et se tourna vers Sony.
— Quoi, qu'est-ce que tu as dit ?
— Leur prénom, c'est « leur prénom » la solution. Je suis quelque chose qui leur appartient, mais ce n'est pas eux qui l'utilisent le plus. Je pense que c'est la réponse, leur prénom.
Le jeune homme se tourna euphorique vers les autres.
— Il a raison ! Vous m'entendez la réponse à la devinette c'est « leur prénom », réfléchissez.
À ce moment, Barry revint de son bain de pieds. Il ne comprenait absolument rien à la scène qui s'offrait à lui. Il assistait l'air hébété, à Gary et Sony pensifs en train de regarder le ciel, le maître et son chien qui couraient partout, Daniel perdant ses moyens au chevet de deux corps maintenant inanimés. Mike stoppa subitement ses va-et-vient, puis il se jeta par terre pour fouiller toutes les affaires. Daniel lui demanda :
— Que cherches-tu ?
— Leur cabas à eux il est où ? Celui avec leurs prénoms d'écrit dessus !
Il s'empara du sac appartenant au binôme.
— Macho arrête ! Arrête je t'ai dit !

L'animal se trouvait à côté des malades et léchait le visage de Loïs. Tous regardaient l'individu affairé sans comprendre ce qu'il faisait. Tout le monde attendait un miracle, sans quoi ils allaient perdre deux autres compagnons de route d'ici quelques minutes. Le garçon tâtait le sac en question, lorsqu'un sourire apparut sur ses lèvres. Il prit la toile à deux mains et tira de toutes ses forces, serrant les dents aussi fort que le tissu pris entre ses doigts et ses paumes. Le cabas se déchira laissant apparaître une poche dissimulée derrière la broderie des lettres. Une seringue en tomba sur le sol. Mike la ramassa et se hâta de s'agenouiller au-dessus de Steven. Hésitant, il releva la tête pour avoir l'avis des autres.

— Je fais quoi ? Je leur mets une moitié chacun ?

Après l'approbation de tous, il planta l'aiguille dans le bras du corps en face de lui, injecta une partie du produit et se retourna pour administrer le reste au deuxième patient.

*

— On a bien cherché, c'est certain il n'y avait qu'une seule seringue. La séparer en deux était la bonne décision à prendre. Comment vont-ils ?

Daniel se pencha sur Loïs pour lui prendre le pouls au niveau du cou.

— Son état se stabilise, il a repris des couleurs mais il dort toujours, ça a dû énormément le fatiguer.

— Et Steven ?

L'homme agenouillé accusa une mine attristée.

— Plus aucun signe de vie depuis maintenant presque une heure.

Holly

Les invités avaient suivi la moindre seconde, tous les faits et gestes des aventuriers depuis les annonces de Joseph Levinski. Et il faut reconnaître que ce dernier n'avait pas menti. À vrai dire, le mot « palpitante » qu'il avait employé pour décrire l'épreuve d'aujourd'hui n'était peut-être pas le bon. Pour lui éventuellement, mais pour eux spectateurs, qui avaient assisté impuissants, aux échecs de leurs proches, à la nervosité montante les gagner et à la mort inattendue d'un deuxième participant, le terme « palpitante » n'était sûrement pas le plus adapté.

*

— Allez relevez-vous, relevez-vous Véronique.

À genoux dans son dégueulis, la femme continuait de suffoquer à s'en faire vomir. Le mal extrême de la quinquagénaire avait complètement éteint les pleurs de Manon, qui semblait maintenant bien moins dévastée que la mère de famille. Celle-ci vint s'asseoir à côté d'Holly et Laura sur le bord du lit de cette dernière.

— Il faut qu'on fasse quelque chose les filles, ça ne peut pas continuer. Ce n'est qu'une question de jours, vos conjoints ne tiendront pas indéfiniment et subiront le même sort.

Alarmée par cette évidence, la compagne de Mike se leva face aux deux autres femmes.

— Oui, mais quoi alors ? Qu'est-ce qu'on peut bien faire ? Nous sommes enfermés dans cette pièce, ils sont armés et si jamais nous arrivions à profiter d'un moment d'inattention de leur part, on ne sait absolument pas où nous nous trouvons ni combien ils sont dehors. Vous avez vu les moyens mis en place par ce taré ?

Laura questionna à son tour ses camarades :

— Pourquoi nous ? Et pourquoi eux surtout ? Nous ne sommes que les proches, mais ces huit hommes ont bien été sélectionnés pour une bonne raison. Pensez-vous qu'il y ait un point commun entre eux ?

Holly se rassit à sa place en dévisageant Manon qui ne sut pas quoi dire de plus. Le signal sonore habituel annonçant le dîner retentit. Ce soir-là encore, ils n'eurent pas grand-faim et les plateaux-repas restèrent quasiment intacts.

— Je n'y crois toujours pas, à ce qu'a pu faire ton abruti de fils !

Isabelle, fatiguée par les remarques d'Édouard finit sa bouchée et lui répondit :

— Arrête de te plaindre, mon garçon savait ce qu'il faisait, il n'a pas visé un endroit mortel et je te rappelle que ton frère s'en est sorti de son intoxication, pas Steven. Alors mets-la un peu en veilleuse et respecte le chagrin de cette pauvre femme.

Elle se remit à manger. L'homme se leva et lui montra son poing de façon ostentatoire.

— Oh je te jure... Si tu n'avais pas été une femme, si tu avais été son père, je t'aurais mis ma main dans la gueule !

Assis en tailleur à quelques centimètres de lui, Gabriel tira sur son pantalon.

— Allez rassieds-toi, c'est bon. Elle n'y est pour rien tu sais, elle n'est pas responsable des actes de son fils.

Tout comme les aventuriers lâchés en pleine nature, les proches étaient à présent plongés dans un chaos le plus total. Les tensions gagnaient progressivement le groupe et des clans se formaient. À l'instar de leurs compagnons, Laura et Holly s'étaient spontanément rapprochées. Pour le coup, elles, avaient trouvé ce qui les liait depuis le début de l'aventure et encore davantage à partir de cet instant. C'était l'affection et l'entraide communes entre elles et celles qu'avaient développées leurs conjoints. En à peine cinquante heures, ils s'étaient assuré leur franchise respective et garanti qu'ils pourraient compter l'un sur l'autre pour survivre tout au long de l'aventure. Bien sûr, la jeune femme savait que Mike ne donnait pas si facilement son entière confiance, qu'il serait toujours sur ses gardes, prêt à se défendre, mais il était évident qu'outre l'obligation de la situation, il avait fait une très belle rencontre.

Mike

Sony et Barry, les deux seuls à s'être bien endormis durant cette courte nuit, furent rapidement réveillés par les premiers rayons du soleil. La tension était toujours palpable en raison des échauffourées et événements de la dernière soirée. Gary n'avait pas fermé l'œil, préférant être aux aguets car il s'était monté la tête et redoutait une tentative de vengeance, en représailles de sa décision prise le jour d'avant. Loïs était sorti de son sommeil en sursaut au beau milieu de la nuit, faisant bondir tout le groupe. Calmé par les mots rassurants de Daniel, il ne prit conscience qu'au petit matin du décès de son binôme. Le jeune homme fut le premier à prendre la parole, il partit dans un monologue :

— Je ne sais plus quoi faire. Mon coéquipier est mort, j'ai envie de baisser les bras, mais ce n'est certainement pas en restant ici que je vais augmenter mes chances de survie. Et puis seul, blessé, je ne vais pas aller bien loin...

Le doyen entrouvrit la bouche, lorsqu'il fut coupé par l'individu reprenant de plus belle :

— ... il faut changer les équipes ! Je ne peux pas continuer le jeu en solitaire.

Sony n'avait pas commencé à lui répondre qu'il rigolait déjà.

— On est six, la solution est simple, tu n'as qu'à te mettre avec Gary pour obtenir trois équipes au complet.

— Tu te fous de moi, hors de question. Je ne me mettrai pas avec cet assassin !

Le grand gaillard resté muet jusqu'ici lui rétorqua :

— N'exagère pas non plus, je t'ai dit plusieurs fois que c'était maîtrisé.

Son interlocuteur ne daigna même pas le regarder. Il avait décidé qu'à partir de maintenant, la personne n'existait tout simplement pas, qu'il ferait abstraction de toutes ses interventions.

— Moi je m'en fiche d'aller avec lui et de te laisser ma place avec Barry, mais vous comprendrez mon avis, qu'il n'est sûrement pas judicieux dans cet environnement hostile, de laisser deux personnes blessées poursuivre ensemble.

— Oui je suis d'accord avec toi Sony. Bon bah les gars c'est forcément vous qui allez devoir vous séparer.

Pour la première fois Mike s'opposa à l'un de ses camarades.

— Alors là non ! Ce n'est pas négociable, je n'ai rien contre toi Gary et ça ne me dérangerait pas de faire équipe avec toi, par contre je ne veux pas me séparer de Daniel. On a sympathisé dès le début de l'aventure et on s'est promis de la finir ensemble. Et puis… c'est une compet' les gars, il ne faut pas l'oublier. On doit respecter les règles de ce malade si on veut rester en lice, donc c'est clair je ne me sépare pas de mon coéquipier attitré, finit-il semblant chercher d'autres arguments.

— Oh comme c'est touchant… commenta Sony.

— Alors je ne vois qu'une solution, je vais venir avec vous, je suis sûr que ça ne leur pose aucun problème qu'il y ait un trio, de toute façon ils nous doivent bien ça.

Mike répondit à Loïs, mais en fixant d'un regard médisant celui qui venait de se moquer de lui :

— Ça marche on va faire comme ça.

*

C'est ainsi, dans un climat glacial, tôt le matin et le ventre creux, que les six aventuriers encore en compétition, c'est-à-dire toujours vivants, se mirent en route vers l'objectif donné la veille par Joseph

Levinski. Gary partit le premier vers l'ouest, quelques secondes avant Sony et Barry qui eux suivirent le sud, à travers les hautes herbes.

— Ça va aller ta cheville ? demanda Mike au duo déjà élancé dans sa trajectoire.

Le convalescent n'eut pas le temps de répondre, son binôme le fit à sa place, continuant à marcher dos à celui qui avait posé la question.

— Mais oui, ça va aller ! C'est un brave ce Barry.

Le jeune homme diminué se retourna, conscient de l'agacement de Mike à en voir son visage, lui confirmant par un hochement de tête son aptitude pour l'exercice d'aujourd'hui. Les deux garçons échangèrent un sourire, masquant le mauvais pressentiment ressenti par chacun. Loïs vint à la rencontre de son nouveau coéquipier qui ordonnait à son chien de revenir au pied.

— Bon on y va, on n'a pas de temps à perdre, il faut aller récupérer ce sac que vous a préparé Levinski.

L'individu finit de servir sa portion de croquettes à Macho puis se releva.

— Je te laisse prendre des forces pour cette journée de marche et on démarre.

L'animal se jeta sur la gamelle et son maître reprit, s'adressant cette fois-ci à son camarade bipède :

— Écoute Loïs, maintenant tu fais partie de notre équipe, donc donne-toi à fond, ne nous cache rien et sois toujours sur tes gardes. Si on est soudé, la victoire ne pourra pas nous échapper.

Daniel les rejoignit.

— Vous êtes prêts ? Tiens Mike, mes feuilles ont séché, je nous ai confectionné deux cigarettes pour le départ.

— Je te remercie...

Il tenait à plat la boussole pour cibler le nord.

— ... nous devons suivre cette direction, c'est parti.

Les trois hommes s'engouffrèrent à travers les premiers buissons et cépées du bois naissant.

*

— Je parie qu'on ne se coltine pas le chemin le plus simple. D'ailleurs les gars, faut que je vous dise, je suis vraiment content de me joindre à vous. Vraiment vous savez, j'ai une grande goule mais je ne suis pas idiot, je suis très perspicace, vous êtes les mieux armés pour vaincre tous les pièges tendus par ce vieux fou. Au moins je suis honnête avec vous, au-delà de vous apprécier, j'espère bien assurer ma survie en étant à vos côtés.

— C'est ce que je t'expliquais tout à l'heure avant de partir, en s'entraidant il ne peut rien nous arriver. On doit se compléter et veiller les uns sur les autres.

En tête de la file indienne, Daniel fit freiner le groupe.

— Je veux bien faire une pause moi les mecs, je suis un peu fatigué et aimerais m'hydrater.

Mike sortit sa gourde nominative récupérée à la découverte du puits, ainsi que la bouteille en plastique trouvée dans la malle.

— C'est la première fois qu'on boit l'eau de la rivière. On est bien obligé, honnêtement je pense que c'est sans risque, elle est limpide.

— Oui dommage que l'on n'ait pas de récipient pour la faire bouillir…

Il referma la bouteille et la tendit à son ami.

— …tu veux que je prenne le sac un peu ?

— Non t'inquiète, peut-être tout à l'heure si je fatigue.

— Vous pensez qu'on a fait combien de kilomètres ?

— Huit ou neuf.

— Ouais je suis d'accord avec toi, dix grand max.

Ils reprirent leur chemin et Loïs se remit à parler…

— Vous savez les gars, je vous le répète, je suis super content d'être avec vous. En plus, on va avoir le meilleur contenu dans ce sac, l'attribution découle toujours des résultats de nos proches à leur jeu de société.
— Oui, mais dorénavant on va devoir le partager en trois.
— Tu as dit quoi Mike ? Je n'ai pas entendu.
— Rien Loïs c'était de l'humour, c'était de l'humour…

*

En sueur, le front ruisselant, le trio n'avançait plus très vite sous le soleil de plomb qui sévissait depuis bientôt une heure.
— Waouh, ça tape !
— On ne peut pas se décaler de l'orientation sinon on n'atteindra jamais notre objectif.
— On ne sait même pas véritablement à quoi ça doit ressembler.
— En parlant du loup, je crois qu'on l'a trouvé les gars, regardez.
Ils firent pare-soleil avec leur main appuyée sur la tête.
— Oh Mike t'es un génie ! fit Daniel en souriant à ses partenaires.
— En même temps on ne peut pas le louper.
Ils pouvaient apercevoir un gros sac rouge pendu à un chêne, accroché avec une corde à l'une de ses branches maîtresses. L'arbre gigantesque se trouvait à environ deux cents mètres droit devant. Majestueux, il s'agissait du seul sujet présent à un kilomètre à la ronde, se situant au beau milieu de l'immense prairie fleurie que traversait la troupe.

*

— Pressons-nous de le descendre, cela fait une heure qu'on n'a plus d'eau, je crève de soif.
— Loïs monte sur mes épaules…
Il lui passa son opinel.

— … coupe la corde mais retiens bien le sac, on ne sait pas s'il y a des choses fragiles dedans.

Spectateur de la scène, Daniel rigolait.

— Ah oui, c'est vrai que tu as tout un équipement de militaire sur toi.

— Hey, tu vois que j'ai bien fait d'être aussi prévoyant. Allez, découvrons le contenu du paquet. Défais le lien Loïs.

— Alors, on retrouve un bidon de cinq litres d'eau, une lettre, six bananes et un petit coffret.

— Vas-y ouvre le Mike.

Ce dernier s'exécuta et tous reculèrent en découvrant ce qu'il y avait à l'intérieur.

— Oh putain une arme !

Sans parler il fit un geste des mains pour leur dire de se calmer, puis se pencha afin d'analyser l'objet en question d'un peu plus près.

— Bon que ce soit clair, n'importe lequel de nous qui la manipule doit faire preuve de la plus grande prudence, je vais regarder si elle contient des munitions.

Il la sortit de son écrin et la pointa vers le bas, malgré ces précautions les deux autres aventuriers s'écartèrent.

— Comment on fait… ah voilà j'ai réussi à débloquer le barillet. En effet il est chargé, il y a une balle.

— Pourquoi ils nous ont fourni un révolver, ça signifie quoi ?

— Lis donc la lettre, ils vont sûrement nous le dire.

Mes chers amis, je suppute que ce réconfort n'est pas sans vous ravir. Vous n'allez pas manquer d'eau d'ici la prochaine étape et ces trois bananes chacun vont vous ravigoter.

— Ah ils n'ont pas adapté leur lettre à notre unification.

— Continue.

Concernant l'arme à feu, je m'attendais à observer ces réactions…

À ces mots, Daniel ainsi que Mike levèrent la tête, débusquant rapidement des caméras cachées ici et là dans l'arbre.

...ne vous méprenez pas, vous n'aurez peut-être pas à vous en servir, il s'agit simplement d'un moyen de se défendre dans une suite d'aventure où les relations entre vous tous, vont inéluctablement se détériorer. Je vous transmets les consignes suivantes. Vous allez de nouveau avoir besoin de la boussole et continuer votre route dans la même direction. En suivant l'indication est de votre outil, vous trouverez refuge dans une chaleureuse maisonnette qui vous apportera grand réconfort avant de poursuivre cette fantastique épopée ! Je ne vous communique pas la distance à faire, mais si vous ne perdez pas de temps vous y arriverez aisément avant la tombée de la nuit.

Bonne continuation.

— Putain mais j'en peux plus de marcher ! Ma jambe me fait mal.

— Nous allons faire une petite pause à l'ombre sous cet arbre avant de reprendre la route. Je vais te porter sur mes épaules.

— Tu déconnes ?

— Bah non, tu fais combien de kilos ?

— Soixante-dix-huit je crois.

— Oui bon, je ne te porterai pas sur des kilomètres mais s'il le faut je te prendrai sur mon dos, mets-y du tien quand même, si on peut éviter d'en arriver là...

— J'me permets.

— Oui vas-y Daniel.

Ce dernier ouvrit le sac de Mike pour boire une énième fois.

— Je vais la reremplir avec le bidon, c'est moi qui vais prendre cette besace. Avec la corde je vais m'en faire un sac à dos.

— Il a dit qu'on ne devrait pas mettre trop de temps à rejoindre sa cabane, j'espère que ce n'est pas un piège au moins. Effectivement ce sera plus rassurant d'avoir un toit sur la tête pour cette nuit.

HOLLY

Les invités de Joseph Levinski arrivaient à bout de nerfs. La séparation du groupe de base et la remise d'armes n'étaient pas de bons présages.

— Roh mais pourquoi ils ne le trouvent pas… soupira Clara.

Elle s'inquiétait pour son petit ami, dont la cheville qui semblait en meilleure forme ce matin, avait redoublé de volume à cause de la longue marche d'aujourd'hui. De plus, ses ennuis étaient loin de se terminer, car seuls Barry et Sony n'avaient pas trouvé leur sac, ne connaissant donc pas l'existence du fameux refuge où ils devaient se rendre pour la suite de l'aventure.

— Ne t'inquiète pas ils vont y arriver.

Holly vint poser sa main sur son épaule. Assise sur le lit d'à côté, Isabelle sourit.

— C'est facile pour toi, tout va bien pour ton copain hein, ils sont trois quand mon Gary doit se débrouiller seul. En plus de ça, c'est plutôt rassurant d'avoir un révolver, alors que mon fils n'a eu qu'un couteau.

Son vis-à-vis ne se laissa pas démonter.

— Tu vas redescendre tout de suite ma cocotte ! Tout le monde commence à en avoir ras le cul de ton caractère de merde ! Ton fils, il l'a voulu d'être tout seul, par ses actes et le flingue…

Elle se leva, cherchant l'attention de tous avant de se remettre en face de la mère de famille.

— … le flingue, bah heureusement que ce sont eux qu'ils l'ont parce qu'avec ton malade de fils, qui peut deviner ce dont il est capable ?

Isabelle bondit et se jeta sur Holly, surprise par cette attaque soudaine, essayant de la repousser difficilement. L'assaillante n'eut pas le temps de faire grand mal à la jeune femme, puisque Gabriel intervint et maîtrisa l'hystérique.

— Vous avez vu, méfions-nous les chiens ne font pas des chats… Et je te rappelle une dernière chose…

Elle revint à la charge en pointant du doigt celle qui était désormais assise par terre contre le mur, avec son médiateur qui continuait de la calmer.

— … si ce sont nos mecs et son frère qui ont le flingue, c'est parce que tu as été mauvaise.

Ne sachant plus s'arrêter :

— Tu as été mauvaise, incapable de nous battre avec Laura. Donc fais-toi toute petite et reste dans ton pieu.

Holly retourna s'asseoir à côté de Laura qui n'exprimait aucune réaction, déconcertée par cet excès de révolte.

— Ah oui mais là elle l'a cherché, y'en a marre elle fait chier tout le monde depuis le début celle-ci.

Mike

— On voit l'habitation plus haut. Encore un petit effort les gars, je sais que c'est dur mais c'est bientôt fini.

Les trois hommes peinaient à parcourir les cent derniers mètres les séparant du bâtiment. Ce dernier se trouvait une fois de plus, au fin fond d'une forêt à flanc de montagne. Les randonneurs arpentaient un sentier très pentu et rocailleux, encerclé par les nombreux sapins aux épines vert bleuté.

— C'est fou la diversité des essences dans le coin. Il y a plein d'espèces, on retrouve aussi bien des feuillus que des conifères.

Daniel rigola.

— C'est le botaniste qui parle là.

Son compère rit avec lui.

— Avance donc au lieu de dire des bêtises.

*

Ils arrivèrent devant la structure en bois, firent le tour avant d'oser pénétrer à l'intérieur.

— C'est pas mal du tout, on se croirait presque en vacances si on ne participait pas à cette aventure suicidaire.

En effet, il s'agissait d'un chalet traditionnel, tout simple et pas très grand, reprenant tous les stéréotypes de la location de congés d'hiver, avec la particularité de présenter de larges fenêtres laissant entrer pleinement la lumière dans celui-ci. Composé sobrement de deux pièces, un salon et des toilettes avec un évier. Le mobilier chic et épuré était également en bois. Le plus étonnant était l'aspect habitable du lieu, prêt à recevoir. Les individus touchaient à tout, intrigués par la quasi-perfection de l'endroit.

— Il ne manque rien à part une télévision.

— C'est clair, bon il n'y a pas de cuisine et de chambre, on sera tout de même très bien ici pour se reposer en attendant les autres.

— Tu penses qu'ils viendront ?

— Oui ils ont sûrement reçu les mêmes instructions que nous, il faut s'attendre à les voir débarquer dans les prochaines heures.

— Il y a même un tas de bûches à côté de la cheminée.

— Et de l'électricité ! remarqua Loïs en appuyant plusieurs fois sur l'interrupteur jouxtant la porte d'entrée.

— Mais non ! Regardez les gars, un mini-bar.

Mike ouvrit le dessus d'un présentoir en forme de globe terrestre.

— Il y a de quoi saouler un régiment !

— Il serait peut-être préférable de ne toucher à rien, imaginez si c'est encore empoisonné.

— Je ne pense pas, ça manque d'originalité de faire deux fois le même coup. Non c'est une récompense de plus pour les gagnants, réfuta Daniel.

*

Le soleil se couchait et la nuit tombait, les aventuriers se reposaient depuis plus d'une heure, avachis dans les canapés et le fauteuil en cuir du salon. Macho avait lui opté pour la peau de bête, bien plus confortable que le plancher. Le doyen à moitié assoupi demanda à son pote ce qu'il faisait.

— J'ai l'impression que Monsieur Levinski nous octroie une petite soirée de répit en attendant les autres, donc autant en profiter, déclara le concerné.

Mike se dirigea vers le mini-bar. Il souleva la demi-sphère et après un court instant de réflexion, en sortit une bouteille de whisky écossais, puis s'empara d'un verre sur l'étagère d'en face.
— Je vous en sers un les mecs ? demanda-t-il en se tournant vers ses deux camarades dubitatifs.
Ils se regardèrent, toujours affalés sur leur canapé.
— Il y a du rhum plutôt ?
— Oui bien sûr, tout ce que vous souhaitez mon cher... et toi Loïs ? dit-il en attrapant également un paquet de cacahuètes niché au centre des alcools.
Ce dernier après une courte hésitation se laissa tenter et répondit en souriant :
— Allez un petit rhum aussi.
Il prit deux autres verres et sortit un petit étui rangé sous le comptoir sur lequel il s'était installé.
— Parfait un jeu de cartes, il ne nous manquait plus que ça, vous savez jouer à la belote ?
Pour un instant seulement, le trio mit de côté la situation calvaire qu'il vivait et s'installa sur la table basse du salon.
— Bon c'est moins intéressant qu'à quatre mais ça devrait nous aider à passer le temps.
Daniel qui venait de découvrir l'existence d'un tourne-disque dissimulé dans un meuble bas, se saisit d'une pochette au hasard rangée dans une case de celui-ci et mit en place le vinyle.
— Avec de la musique pour couronner le tout !

Holly

— C'est n'importe quoi de picoler autant, je suis certaine que c'est un piège élaboré par l'autre fou. Il va profiter de leur ivresse pour les attaquer lorsqu'ils cuveront !
— Qui te parle de se bourrer la gueule ?
— Bah c'est bien parti quand même...
Les proches suivaient consternés la petite pause que s'accordait une partie des aventuriers.
— Bon, on va dire qu'eux sont à l'abri pour cette nuit. Du moins espérons-le. Gary a fait le choix de rester camper à l'endroit où il a découvert son sac, avant de rejoindre le chalet demain. Mais qu'en est-il de Barry et Sony ?
La jeune femme préoccupée pour son copain ajouta :
— Le plus inquiétant c'est qu'on a perdu leur trace depuis longtemps maintenant. On ne sait pas s'ils ont trouvé leur objectif, s'ils sont déjà en route pour rejoindre les autres à la cabane ou s'il leur est arrivé quelque chose.
Elle se rongeait les ongles en tournant en rond au milieu de la pièce. Gabriel vint la rassurer.
— Ces enfoirés doivent avoir un problème technique ou je ne sais quoi, il y a une réponse à tout ça. T'inquiète je suis certain qu'ils vont bien.
Il releva la tête vers l'écran en faisant la moue. Cela faisait un moment qu'une partie de l'image projetée au mur s'était complètement éteinte. Toutes les subdivisions de l'écran suivant Sony et Barry étaient coupées, tandis que les invités pouvaient continuer

d'observer le groupe dans la maisonnette et le campeur isolé. Allongée sur son lit, les mains rejointes derrière la tête, Isabelle s'adressa à la demoiselle tracassée :
— Moi j'ai un mauvais pressentiment, il sait exactement ce qu'il fait l'autre pourriture…

Mike

— Je t'en remets un ?
L'homme ne répondit pas, jeta sa carte au centre de la table et amena son verre à portée de bouteille de son voisin. Loïs approcha le sien également.
— Tiens, tant que t'y es…
Il prit aussitôt une gorgée.
— … il doit être minuit passé.
— Oui ça fait bien trois heures qu'on joue aux cartes.
En prononçant ces paroles il regarda son poignet et reprit :
— Merde, je n'avais même pas tilté, ces enfoirés m'ont volé ma montre.
Daniel qui se leva pour changer de vinyle répondit à Mike :
— À mon avis ils ne te l'ont pas volée, c'était plutôt pour brouiller toutes notions du temps. Si ça se trouve ils te la rendront même à la fin de l'aventure, dit-il debout et amusé, boisson à la main.
— Bon il reste quatre tours de cartes, après on arrête si vous permettez j'aimerais danser.
Mike et son compère qui venait de se rasseoir se regardèrent étonnés.
— Ah oui tu aimes danser toi ?
— Bah oui pas vous ?
— Si mais il faut que je sois déchiré ou que j'ai au moins un bon coup dans le nez.
Toujours d'un ton taquin, Daniel lui fit remarquer :
— Ce qui ne va pas tarder vu le niveau de ta bouteille.

Effectivement le niveau du scotch avait baissé de moitié avec Mike pour seul consommateur. Ce dernier se retint de jouer sa carte et questionna ses joueurs adverses :

— Vous croyez qu'on va s'en sortir ? C'est vrai déjà deux d'entre nous ont péri, faut être lucide, ils nous ont toujours dit qu'il n'y aurait qu'un gagnant. Nous, on se soutient pour durer ensemble dans l'aventure, ça ne va pas lui plaire.

Loïs, qui tout comme ses partenaires de jeu pour un soir, ne voulait pas voir la réalité en face jusqu'ici écarquilla les yeux.

— Tant qu'il n'en restera pas qu'un parmi nous, il ne nous lâchera pas. Il veut qu'on crève un par un, pour désigner le dernier survivant comme vainqueur.

Il se tut, mit le nez en l'air et lança une cacahuète qui retomba dans sa bouche grande ouverte.

— Désolé mon pote mais c'est vraiment de la merde ce que t'as mis.

Mike se leva et s'agenouilla au pied du meuble pour trouver un disque à sa convenance. Il éplucha les pochettes en hypothétisant :

— Si ça se trouve il tuera le dernier aussi, on ne sait pas du tout ce que ce dégénéré a derrière la tête.

Il termina sa phrase avec un volume sonore moindre en levant la tête en direction des nombreuses caméras installées dans la demeure. Conscient qu'il commettait peut-être une erreur de parler ainsi de son hôte, qui ne l'épargnerait sans doute pas en entendant son prisonnier le juger de la sorte.

— Ah ça c'est bien ! Une perle rare même, il y a de grandes chances que vous me trouviez *old-school* et en décalage avec mon âge, mais je me fais un petit kif, après promis Loïs on fait péter la baraque.

Le garçon s'empara d'un album et en extrait le trente-trois tours qu'il mit en place sur son support. Il ramassa la gamelle de Macho et alla la remplir à l'évier des toilettes, la porte ouverte il commenta sa trouvaille :

— Mille neuf cent soixante-dix, tu te rends compte Daniel mille neuf cent soixante-dix !
— Pourquoi tu t'adresses à moi, parce que je suis un vieux c'est ça ? Je te signale que je n'étais même pas né mon ami en mille neuf cent soixante-dix.
Loïs rigola, faisant retourner son aîné qui lui demanda :
— Tu me donnes quel âge ?
Mike referma la porte.
— C'est trop facile, ils nous l'ont dit dans le car.
— Non je n'ai pas fait gaffe. Je ne sais pas, la quarantaine…
— Ouais… Tu ne prends pas trop de risques. Quarante-quatre ! J'ai quarante-quatre ans.
Le jeune homme posa le récipient à son chien et sortit son paquet de blondes de sa poche.
— Oh ça va je plaisantais.
Il alluma sa clope et tendit le paquet à l'homme simulant être vexé, qui se remit immédiatement à sourire, à la vue de la proposition faite par son acolyte. Mike se pencha sur l'appareil vintage pour en saisir le bras de lecture afin de le déplacer délicatement et précisément, au-dessus de la rainure débutant le septième titre de l'album. Dans un nuage de fumée, les notes de musique classique commencèrent. Il se resservit un whisky, tandis qu'à leur tour les paroles se firent entendre lors de sa première gorgée.

Qui a couru sur cette plage ?
Elle a dû être très belle
Est-ce que son sable était blanc ?
Est-ce qu'il y avait des fleurs jaunes
Dans le creux de chaque dune ?
J'aurais bien aimé toucher du sable
Une seule fois entre mes doigts
Qui a nagé dans cette rivière ?
Vous prétendez qu'elle était fraîche

Et descendait de la montagne ?
Est-ce qu'il y avait des galets
Dans le creux de chaque cascade ?
J'aurais bien aimé plonger mon corps
Une seule fois dans une rivière
Dites, ne me racontez pas d'histoires
Montrez-moi des photos pour voir
Si tout cela a vraiment existé
Vous m'affirmez, qu'il y avait du sable
Et de l'herbe, et des fleurs
Et de l'eau, et des pierres
Et des arbres, et des oiseaux ?
Allons, ne vous moquez pas de moi
Qui a marché dans ce chemin ?
Vous dites qu'il menait à une maison
Et qu'il y avait des enfants qui jouaient autour ?
Vous êtes sûrs que la photo n'est pas truquée ?
Vous pouvez m'assurer que cela a vraiment existé ?
Dites-moi, allons, ne me racontez plus d'histoires
J'ai besoin de toucher et de voir pour y croire
Vraiment, c'est vrai, le sable était blanc ?
Vraiment, c'est vrai, il y avait des enfants
Des rivières, des chemins
Des cailloux, des maisons ?
C'est vrai ?
Ça a vraiment existé ?
Ça a vraiment existé, vraiment

Titre : Poème sur la 7[e]
Interprète : Johnny Hallyday – 1970
Parolier : Philippe Labro
Musique : Ludwig van Beethoven
Arrangements : Eddie Vartan

*

Leur belote terminée, ils mirent de la musique plus rythmée. Il s'agissait surtout de grands classiques passés lors des fêtes de famille ou alors des chansons oubliées, ayant connu un certain succès mais de courte durée. Le trio fit la bringue jusque très tard dans la nuit, alternant les danses endiablées et les parties de cartes accompagnées d'alcool à foison et de cigarettes, bercé par les anecdotes de Daniel et les histoires rocambolesques de Loïs. Ce dernier était le plus amoché, il enchaînait les blagues et ne tenait plus en place.

— Hey les gars ! Regardez ce que j'ai trouvé.

Il sortit de son sac à dos une des bananes qui lui restait.

— Un petit en-cas ça va me faire du bien, se réjouit-il.

En l'observant, Daniel s'arrêta subitement de danser. Il restait muet et figé devant le jeune homme épluchant son fruit.

— Bah quoi qu'est-ce qu'il y a ? lui dit-il la bouche pleine.

— Mike. Oh !

Retenant le garçon avec sa main, qui se balançait frénétiquement les yeux fermés. Celui-ci finit par les ouvrir se demandant bien pourquoi on l'interrompait.

— Quoi ? Oh putain, j'ai failli faire une crise cardiaque ! Il y a bien quelqu'un dehors devant la fenêtre ?

En écoutant ses copains de soirée, Loïs se retourna et sursauta de peur en voyant la silhouette à un demi-mètre de lui derrière la paroi, ce qui le fit trébucher en arrière. L'individu colla son visage à la vitre.

— C'est moi les mecs.

— C'est Sony ! s'exclama le garçon aux fesses par terre.

Daniel s'empressa de déverrouiller le loquet de la lourde porte en bois.

— Entre dépêche-toi, tu es trempé.

— Oui il y a une pluie fine dehors. Bah alors Mike tu ne viens pas saluer ton vieux camarade ? Allez excuse-moi pour les boutades, je rigolais.
— N'importe quoi, on passe à autre chose c'est du passé.
Ils se serrèrent fermement la main.
— Qu'est ce qui t'est arrivé ? Où est Barry ?
— Je vais vous raconter, c'est horrible.
Il éternua. Le doyen se hâta vers les rondins entassés près de la cheminée.
— Je vais te faire un bon feu pour te réchauffer, ça te fera du bien.
— Merci c'est gentil.
Il s'assit sur le fauteuil et les autres, l'écoutant attentivement, sur le canapé. Loïs lui proposa de boire quelque chose et il accepta volontiers un verre de scotch, puis raconta :
— Vous savez bien qu'on est parti tout de suite après Gary, en route vers le sac que nous devions trouver, nous avons suivi le plus rigoureusement possible la direction qui nous a été attribuée par Joseph Levinski, c'est-à-dire le sud...
Il but une gorgée et fit un petit son de bouche, extériorisant sa surprise quant à la puissance de la boisson.
— Et alors qu'est-il arrivé ?
— ... eh bien nous ne l'avons jamais trouvé ! On a cherché et recherché, nous ne sommes jamais tombés dessus. Au bout d'un moment Barry ne pouvait plus avancer à cause de sa cheville qui le faisait énormément souffrir, nous avons dû faire une pause. Sachant la rivière en contrebas, je lui ai proposé de descendre pour y tremper ses jambes. Et là...
Il se mit à pleurer à chaudes larmes, Loïs posa sa main dans son dos en regardant troublé son voisin de gauche. Sony releva le buste et essuya ses yeux.
— ... et là, il a glissé et est tombé dans la rivière quelques mètres plus bas. J'ai fait aussi vite que j'ai pu mais il ne savait pas du tout

nager. Je n'ai pas eu le temps de le sauver, quand j'ai pu le récupérer c'était trop tard, il ne respirait plus.

Il se remit à pleurer.

— Si vous saviez comme je m'en veux! Ce n'est pas la faute de l'autre enfoiré cette fois-ci, c'est de la mienne, si je n'avais pas proposé d'aller faire mumuse dans l'eau, rien ne se serait passé et il serait avec nous au moment où nous parlons. Je lui ai prodigué un massage cardiaque, du bouche-à-bouche même, en vain.

Ses auditeurs restèrent sans voix, le souffle coupé.

— Non ce n'est pas ta faute Sony, tu as tenté tout ce que tu pouvais, c'était un malheureux accident.

*

Les quatre individus reprirent un verre tous ensemble, échangeant deux trois mots par-ci par-là. L'ambiance festive présente une demi-heure auparavant semblait déjà bien loin.

— Pourtant il était super visible! Suspendu dans un arbre accroché à une corde.

Les deux hommes se regardèrent un instant. Sony avait senti le piège tendu par Mike qui n'avait guère confiance en lui.

— C'est évident pour toi maintenant, mais on était comme vous avant de l'avoir trouvé, on ne savait pas du tout à quoi ressemblait ce qu'on cherchait.

— Personne ne t'a dit qu'on l'avait trouvé. Comment le sais-tu?

— C'est Loïs qui l'a dit tout à l'heure.

Celui-ci réfuta:

— Heu… Non je ne crois pas l'avoir dit.

Mike renchérit, posant une autre question:

— Et comment tu nous as retrouvés, parce que nous on a eu des indications dans ce fameux cabas, nous amenant jusqu'ici, mais toi comment as-tu découvert le chalet?

Daniel qui soufflait sur les braises sentit la gênance de la situation et se redressa.

— Il est fatigué vous voyez bien que vous l'embêtez avec vos questions.

Sony répondit tout de même en se remettant à pleurnicher :

— Je n'en savais rien moi que vous étiez bien au chaud dans un chalet, j'étais dévasté après la mort de Barry. Je me suis donc mis à errer sans savoir quelle direction prendre. Au bout de plusieurs heures de marche, alors que je désespérais, c'est là que j'ai vu de la lumière. Elle m'a conduit jusqu'à vous.

— Excuse-moi Sony, je suis désolé tu dois être exténué, repose-toi maintenant.

— Ce n'est rien, est-ce qu'il y a des toilettes ?

Toujours sous le coup de l'émotion, il demanda au reste du groupe de remettre un peu de musique pour ne pas être bloqué, car il avait besoin de faire la grosse commission. Mike mima l'envie d'une cigarette et proposa à Daniel de sortir fumer avec lui.

— Je ne le sens pas, je te dis qu'elle n'est pas claire son histoire.

— Je suis d'accord avec toi, il y a quelque chose de louche dans ses propos. Avant d'en avoir le cœur net, il faut faire bonne figure et ne pas lui montrer nos soupçons.

Loïs titubant légèrement vint les rejoindre. Le jeune homme sortit son paquet de clopes de sa poche.

— Tiens.

— Merci.

— C'est vraiment dur ce qui est arrivé à Sony. Enfin, je veux dire que c'est atroce pour Barry forcément, mais lui le pauvre il culpabilise et se sent responsable, il va falloir le réconforter dans les heures à venir.

Mike tira une latte sur sa cigarette et répondit à voix haute en dévisageant Daniel :

— Oui on va le réconforter…

Il expulsa longuement la fumée de sa bouche et répéta :

— ... on va le réconforter.

*

Sony et Loïs se couchèrent sur les canapés, Daniel prit le fauteuil et Mike s'allongea par terre, blotti contre son berger, sur la fourrure doublée d'un plaid trouvé dans le chalet. Les deux camarades ne trouvèrent pas le sommeil durant les quelques dizaines de minutes précédant les premières lueurs du jour. Le jeune homme relevait la tête de temps à autre pour s'assurer que son allier ne risquait rien. Lui aussi avait les yeux grands ouverts et le regardait, le laissant presque lire dans ses pensées : « Oui je vais bien, nous allons continuer de veiller l'un sur l'autre et redoubler d'attention. Moi aussi je discerne l'incohérence suinter de ses propos ».

*

Au matin, les quatre aventuriers se demandèrent s'ils devaient quitter les lieux en ne sachant pas quelle direction prendre, ou bien s'il fallait élire domicile dans ce chalet. Pour tuer le temps, chacun s'efforçait de vaquer aux tâches anodines qu'engendre une habitation de la sorte. Dans l'attente d'un signe, d'une intervention de la part de Joseph Levinski, pour connaître les instructions suivantes et poursuivre l'aventure. Loïs et Sony partirent à la recherche de nourriture ou traces éventuelles d'un chemin nouveau. Quant à Daniel et Mike accompagnés de Macho, ils allèrent chercher du bois en prévision d'un possible feu en soirée, ce fut clairement une excuse pour discuter davantage de la situation.

— Il ne nous dit pas tout concernant la mort de Barry. On peut même se poser la question s'il a réellement eu un accident.

— Je n'ai pas voulu le brusquer pour l'instant car s'il raconte la vérité, c'est normal qu'il soit en état de choc, mais comme toi j'ai des doutes.

Daniel plia un genou au sol et invita son ami à en faire autant.

— Rapproche-toi, dit-il à voix basse. Le chalet se trouvait très loin de l'endroit où nous avons fait du tir à l'arc. De plus, nous sommes partis vers l'est et la lettre découverte dans le sac nous a indiqué de continuer dans cette direction, donc dans la logique, nous étions dès le début les plus proches du logement. Tandis qu'au départ Sony et Barry ont marché vers le sud. Ils se sont ainsi éloignés du chalet.

Il prit un bâton et dessina un schéma dans la terre sableuse.

— Et dans le cas où ils auraient trouvé le fameux sac contrairement à ce qu'il affirme, les coordonnées géographiques qui leur auraient été transmises pour rejoindre l'habitation auraient été nord/est. Cette diagonale étant plus longue que notre parcours à nous. Pour quelqu'un qui n'a pas eu ces informations et qui était perdu au milieu de la nature, je trouve qu'il a retrouvé rapidement notre trace.

— Pas bête, c'est vrai que le point lumineux au milieu de l'obscurité profonde est un peu classique. Il nous a pris pour son phare d'Alexandrie celui-ci.

— Concernant Gary, c'est normal qu'il ne soit pas encore arrivé. Après l'épreuve des flèches, il s'est dirigé vers l'ouest, autrement dit, l'exact contraire du sens pour accéder au chalet. S'il est parvenu à dénicher son sac, il a dû recevoir les mêmes indications que nous et ainsi s'orienter vers l'est. Cependant, avec une distance plus conséquente à parcourir.

— Cela voudrait dire qu'il est repassé par l'aire de jeux qu'il avait quittée peu de temps avant.

— Oui tu as raison, je n'y avais pas pensé.

— En revanche, malgré ces distances moi je pense qu'il pourrait déjà être parmi nous.

— Il a dû faire des pauses ou passer la nuit quelque part. Tu sais, il est moins téméraire qu'il en a l'air, je pense qu'il ne prendra aucun risque réduisant ses chances de gagner et de revoir sa maman.

Le jeune homme sourit et se releva.

— Allez, on y va, sinon ils vont se demander ce qu'on fabrique.

*

Ils revinrent tous les quatre au chalet avec quelques dizaines de secondes d'intervalle.
— Vous n'avez pas ramassé beaucoup de bois messieurs. Regardez ce que nous avons trouvé nous.
Sony et Loïs tendirent leurs mains pleines de mûres.
— J'en ai dans mes poches aussi.
— Et autrement, une piste, un haut-parleur magique vous donnant la clé secrète pour s'enfuir de là ?
— Non et vous ?
— Rien du tout. Loïs j'y pense, on va pouvoir désinfecter ta blessure avec de l'alcool fort.

*

Le groupe rassembla les fruits sauvages et le dernier paquet de cacahuètes déniché dans le mini-bar. Ils décidèrent de manger ce maigre repas dehors, profitant de la brise fraîche courant en sous-bois et des rayons du soleil pénétrant l'épais manteau d'aiguilles.
— Tiens un revenant !
Gary apparut sur le sentier menant jusqu'à eux. Il pressait le pas, se dépêchant de les rejoindre, le t-shirt trempé de sueur et le pouce calé entre son torse et la bandoulière de sa besace.
— Ah les copains je suis content de vous voir !
Il affichait une joie étonnante de les retrouver.
— Bah pas nous...
— Loïs c'est bon, passe à autre chose ou ignore-le, mais on ne peut pas le laisser éternellement de côté...
Mike se leva en prononçant ces mots, accueillit l'égaré avec un large sourire et une poignée de main enthousiaste.

— … te voilà enfin, on commençait à s'inquiéter. Que dis-tu de nous accompagner dans ce pique-nique ?

Il tendit le bras en direction du festin étalé sur la table basse du salon qu'ils avaient sortie pour l'occasion. Gary s'assit en tailleur entre Daniel et Sony, qui s'écartèrent en deux mouvements de fesses pour lui faire une place.

— Raconte-nous ce qui t'est arrivé ? Et ton sac tu l'as récupéré toi ?

L'homme s'essuyant le front avec son t-shirt, prit une petite poignée de mûres et répondit :

— J'ai cru que je n'allais jamais tomber sur ce chalet. Pour le sac oui, j'ai bien suivi l'ouest donné par ma boussole et à vrai dire j'y suis parvenu assez facilement. Mais alors ensuite… la galère ! Je ne comprenais pas les indications pour venir ici, je…

Il se fit couper.

— Ton sac, il contenait quoi toi ?

— Euh… Cette lettre qui me disait de prendre la direction est, une bouteille d'eau d'un litre cinq et une barre de céréales.

— Quoi d'autre ?

— Pourquoi tu me demandes ça Mike ?

— Daniel et moi avions le droit à la meilleure récompense, nous avons eu un révolver. Tu as forcément reçu une arme, moins dangereuse peut-être mais tu en as eu une.

Son voisin s'insurgea :

— Attends mais vous ne me l'avez pas signalé ça ! Tu as oublié de me le préciser que tu avais un flingue mec !

— On allait bientôt te le dire, hier soir ne nous a pas semblé être le moment opportun au vu de ta tristesse et de ton affolement à la suite de l'accident.

Sony ne sut pas quoi répondre, il venait de se faire clouer le bec. Mike se tourna une nouvelle fois vers son interlocuteur du départ qui ravala sa salive.

— Tu as raison, j'ai eu de quoi me défendre, je me doutais que vous aussi...

Gary prit sa besace, la mit entre ses jambes en relevant le rabat et ouvrit délicatement la fermeture éclair. Il en sortit tout aussi lentement un couteau de chasse, au manche en bois sculpté et à la lame considérablement large. Mike fut troublé par ce qui venait confirmer ses craintes.

— ... et votre pistolet, je suppose qu'il est chargé ?

C'est Daniel qui répondit instantanément cette fois-ci :

— Oui, mais il ne contient qu'une seule balle.

Un silence gagna la tablée, ce dernier regarda furtivement son compère du début pour lui montrer qu'il avait conscience de sa bourde. Il n'aurait certainement pas dû ajouter cette précision, pouvant faire passer l'arme blanche devant l'arme à feu au rang des menaces et dissuasions détenues.

Holly

La petite amie de Mike ainsi que Laura, Clara, Édouard et Manon formaient à présent un groupe soudé, qui décida de réfléchir à plusieurs pour tenter de sauver leur peau, mais également celle de leurs proches. Témoins des soupçons grandissant envers Sony, ils prirent naturellement leurs distances vis-à-vis de Gabriel, qui s'était curieusement rapproché d'Isabelle au cours de ces dernières heures. Quant à Véronique, elle était devenue totalement muette après sa crise provoquée par la mort de son fils empoisonné. Ils assistèrent au départ des aventuriers du chalet. Après réflexion, ces derniers conclurent qu'y rester ne leur apporterait pas plus de réponses et que Joseph Levinski n'interviendrait pas à cause de l'absence de haut-parleurs à l'intérieur, ainsi qu'aux alentours de la petite habitation en bois.

*

Le bip devenu maintenant familier aux oreilles des invités résonna. Tous récupérèrent leur plateau et s'installèrent en silence sur leur lit. La redondance des journées commençait à peser lourdement sur le moral des individus. Holly observait l'attitude de ses camarades. La faim se faisait ressentir et cette fois tous dévorèrent les maigres quantités mises à leur disposition. La jeune femme regardait Véronique avec pitié. La personne n'était plus que l'ombre d'elle-même. Elle prenait soin de confectionner des petits tas dans son assiette en carton et entre chaque bouchée, elle analysait attentivement ses couverts en plastique sous tous leurs angles. Forcément, la compagne de Mike eut tout de suite les pensées les plus tragiques, mais la fourchette à la solidité relative et le couteau au tranchant modeste, démentirent toutes hypothèses de les utiliser pour se trancher la gorge ou se taillader les veines. Le repas terminé, Isabelle fit remarquer le régal procuré par le cœur fondant du gâteau au chocolat servi et les invités de Joseph Levinski reformèrent leurs groupes par affinités. Les yeux rivés sur l'écran, ils suivaient l'avancée de leur conjoint, fils, frère ou ami au fil des plaines et petits bois mis en travers de leur chemin. Manon, qui fut la première à voir son petit ami perdre la vie avait atteint un certain point de lassitude découlant de la situation. Après être passée par tous les états, avec l'accumulation de la fatigue, la peur de la détention et la crainte permanente d'être exécutée pour le plaisir mesquin de son hôte, la jeune femme avait développé un état d'ébriété permanent. Elle avait un air absent et ahuri, elle discernait difficilement la réalité des tours que lui jouait son imagination. Ses camarades échangeaient, se préoccupant de l'avenir des aventuriers, alors qu'elle, regardait fixement Véronique. La quinquagénaire s'était agenouillée discrètement sur le côté de son lit, étant en bout de file du dortoir, personne ne la devinait à cet endroit. Elle était en train de soulever légèrement son lit à une main et de tenir un des pieds de celui-ci avec l'autre. Le sommier assez léger, était simplement constitué d'un cadre en tubes d'acier et de quatre jambes vissées du même matériau. La jeune femme ne savait pas quoi penser de cette scène étrange, illisible par son cerveau inhibé à cause de ce qui lui était arrivé durant ces quatre jours de captivité. Tandis que la mère endeuillée, le faciès rougeâtre, la mâchoire crispée et les dents serrées, employait toutes ses forces pour dévisser le pied du lit. Il finit par bouger et après l'avoir tourné une petite dizaine de fois, se sépara du reste de l'armature. La barre entre les doigts, elle releva le visage au-dessus du matelas pour s'assurer que personne ne l'avait vue. Son regard croisa celui de Manon, elle apposa son index sur ses lèvres, sur lesquelles la fille pouvait aisément lire « chut ». Elle put se remettre à sa tâche, défit le bout en caoutchouc de l'objet et s'accroupit pour avoir un peu d'amplitude avec sa jambe droite. Véronique posa le tube creux d'environ quarante centimètres par terre et appuya dessus avec sa chaussure, elle donnait des coups, l'écrasant de tout son poids. Clara s'aperçut que sa voisine de gauche rêvassait, elle l'interpella mais n'obtint pas de réaction de sa part. Elle la secoua par le bras et essaya de comprendre ce qui monopolisait son attention. La compagne de Barry vit Véronique dépasser à plusieurs reprises de son couchage. Elle ne comprenait pas ce qu'elle faisait, la femme semblait s'affairer de façon très nerveuse. Cette dernière comprit en voyant une spectatrice de plus, cette fois-ci lucide, qu'il ne lui restait plus beaucoup de temps. Elle se mit debout et écrasa de plus belle la barre d'acier qui commençait à se déformer, puis elle sauta carrément dessus attirant maintenant l'attention d'Isabelle et Gabriel. Elle frappait et refrappait avec sa chaussure sur le tube, dont les parois opposées s'écrasaient et allaient bientôt se toucher. Holly interpella Édouard :

— Que fait-elle ?

— Je ne sais pas c'est bizarre.

Dans l'incompréhension totale, le trentenaire chercha du regard les autres membres du groupe et c'est lorsqu'ils se dévisagèrent avec Laura, que les agissements de Véronique devinrent évidents dans la tête des deux camarades de chambrée.

— Non !

Le jeune homme poussa un cri énorme et courut vers celle qui venait de perdre son fils unique, mais elle eut le temps de ramasser le tube complément écrasé et devenu plat comme un ciseau à bois. Elle se mit sur les genoux, face aux sept autres individus retenus en otage et tenant l'objet à deux mains par le bas, elle se l'enfonça le plus fort possible d'un coup sec, s'embrochant la gorge et se transperçant la carotide. Édouard hurla une seconde fois, se jetant à terre pour la rattraper dans ses bras. Il la tenait contre lui, trop tard, le corps déjà lourd et sans vie, se vidant de son sang.

MIKE

Le ciel était complètement dépourvu de nuages et révélait le même bleu clair à perte de vue, accentuant ainsi l'impression de recommencement perpétuel vécu par les aventuriers. Ils décidèrent à partir de maintenant de ne plus changer de direction, quel que soit l'obstacle à franchir, afin d'éviter de tourner en rond et dans l'espoir de trouver enfin, une sortie dans ce parc à bétail géant.

— C'est incroyable ça, vous pensez qu'on est où ? Je ne connais pas d'endroit dans le pays qui rassemble autant de paysages aussi variés ?

— Je ne vois pas du tout, le plus fou c'est que l'on puisse faire plusieurs dizaines de kilomètres sans croiser la moindre trace de vie humaine.

— Vous imaginez la somme d'argent qu'a dû dépenser ce malade pour nous retenir prisonniers ici.

— Il n'est pas tout seul. Il y avait plusieurs personnes dans le car qui est venu nous chercher et ces caméras disposées un peu partout dans notre environnement, ils ont dû être beaucoup pour les installer.

— Et nos proches, il ne peut pas les retenir en otage sans l'aide de complices. Soit il les paye très bien, soit ils sont dans le coup.

Gary était devenu plus agréable depuis son retour, il semblait avoir pris conscience de sa faible chance de survie s'il ne se ralliait pas aux autres.

— Au fait Loïs... Je voulais m'excuser pour ce que je t'ai fait, je n'aurais pas dû prendre cette décision. C'est évident qu'ils n'auraient pas exécuté ma mère si j'avais terminé deuxième, sinon ils l'auraient fait pour tous les autres.

Les membres du peloton étaient tout autant déconcertés par ce mea-culpa opéré subitement, que par sa déduction concernant le sort réservé à leur proche. Le jeune homme, qui avait depuis l'accident parfaitement ignoré son agresseur, mis à part quelques réflexions désobligeantes à voix haute, se résolut à lui parler de nouveau.

— On va essayer de passer à autre chose, je n'ai plus mal et la plaie commence à cicatriser. Tu as eu moins de sang-froid quant aux événements, ce n'est pas ta faute.

Pas sûr que le grand gaillard soit satisfait de cette réponse remettant en cause sa lucidité à toute épreuve, mais il se savait dans une position délicate où il était nécessaire de regagner leur confiance.

*

Épuisée, au terme d'une journée entière de marche, la bande établit un campement en début de soirée. Avaient-ils pris la bonne décision de ne suivre plus qu'une seule et unique direction ? Peut-être que pour la première fois, Joseph Levinski était désarçonné de les voir ainsi sortir du parcours qu'il leur avait concocté. Ils n'avaient aucune réponse en leur possession, néanmoins ce deuxième jour consécutif sans la moindre instruction donnée par ce dernier, leur semblait comme une preuve que la situation lui échappait enfin des mains.

— Je crève de faim.

— Il ne faudrait pas se taper une tempête cette nuit, fit remarquer Daniel, en levant les yeux vers leur tipi de fortune.

Tous les cinq s'étaient installés autour du feu de camp, seul élément réconfortant en ce début de soirée engourdie dans la fraîcheur déjà présente. À la surprise générale, Sony sortit une bouteille de rhum non entamée.

— On va se remonter le moral.

Il sortit également cinq petits verres de bistrot qu'il servit à la file.

— T'es complètement con, on ne va pas picoler. L'alcool ne va que nous assoiffer davantage et nous n'avons plus beaucoup d'eau.

— Écoute mon grand, si tu es revenu pour nous faire chier ce n'est pas la peine, retourne dans ta forêt vivre ta vie de Robinson Crusoé, espèce de rabat-joie.

Sur le chemin de la rédemption depuis peu, Gary en sortit prématurément lorsque son sang ne fit qu'un tour dans ses veines. Il se releva subitement et vint à distance de l'injurieux barman.

— Je ne peux pas te piffrer depuis le début toi avec ta sale tronche.

Dans des gestes d'une lenteur inappropriée, le concerné se mit à hauteur de son interlocuteur.

— Qu'est-ce qu'il y a Donkey Kong ? Tu veux que je te mette une raclée devant tout le monde et prouver que tes gros bras ne font pas le poids face à mon intelligence ?

À ces mots, Daniel se précipita entre les deux prêts à en venir aux mains.

— Oh Gary c'est bon calme toi !

— Tu te fous de ma gueule ? Tu ne vas pas prendre sa défense, tu vois bien que c'est lui qui me provoque ! s'offusqua-t-il très énervé et se montrant le plus intimidant possible.

— Il va s'excuser et vous allez tous les deux regagner votre place.

— Alors là, pas question que je demande pardon à cet idiot, répondit Sony en affichant un large sourire.

En constatant l'indifférence des autres, il prit sa décision :

— Putain mais vous êtes donc tous des abrutis finis, dans ce cas je me barre et pour de bon.

Pris dans un élan de furie il regroupa ses quelques affaires dans son sac.

— Je vous souhaite à tous de ne pas vous en sortir, je relaterai à tout le monde votre attitude pitoyable de soûlot lorsque j'en sortirai grand vainqueur !

Les individus le regardèrent partir, silencieux, Daniel encore debout vexé de ce qui venait de se passer et Mike dubitatif, regrettant déjà de n'avoir pas pris la défense de Gary.
— Très bien, je range un verre, ça en fera plus pour nous.
Il tendit les boissons à ses trois camarades, qui les acceptèrent allègrement.
— Je ne vais plus pouvoir en faire beaucoup.
Le doyen montra à son ami le fond de son paquet de tabac.
— J'en veux bien une aussi s'il te plaît.
— Pas de souci Sony.
Daniel sépara en trois les miettes restantes et confectionna des filtres en déchirant l'étui cartonné des feuilles.
— Tenez et à la vôtre.
Les quatre individus levèrent leur bras et trinquèrent en cœur.
— Santé.

*

C'est de nouveau avec un effectif réduit que les aventuriers se couchèrent. Ils mirent en place un tour de garde pour surveiller le camp, afin que tout le monde puisse dormir un minimum. Nul n'en parlait, mais tous avaient dans un coin de leur tête d'éventuelles représailles orchestrées par Gary, tout juste exilé du groupe. Mike et Daniel en profitèrent grandement pour récupérer un peu de leur sommeil, perdu suite aux deux nuits blanches consécutives.

*

Au petit jour, les hommes reprirent leur route en maintenant la direction choisie. Toujours en possession des boussoles, ils s'appliquèrent à ne pas varier d'orientation, pour rendre leur recherche la plus pertinente.

— Allez les gars courage, il ne peut pas nous avoir isolés sur une zone de mille kilomètres, on va forcément découvrir les limites de son plateau de jeu.

*

Le quatuor s'arrêta vers ce qui leur semblait être environ la moitié de la journée.
— Les mecs, on se sépare pour tenter de débusquer quelque chose à manger, parce qu'on ne tiendra plus très longtemps le ventre vide.
Tous s'exécutèrent aux ordres de Sony.
— Cependant ne vous éloignez pas trop, n'allez pas vous perdre avec l'autre fou qui traîne peut-être dans les parages.
Daniel marchait lentement entre les arbustes de sous-bois, un bâton à la main pour dénicher la moindre denrée à se mettre sous la dent, lorsqu'il fut surpris par l'irruption de Mike et Macho semblant venir de nulle part.
— Tu m'as fait peur ! s'exclama le doyen en mettant la main sur sa poitrine.
— Je n'ai pas fait exprès, désolé, s'excusa le jeune homme en se tordant de rire. « Chut », fit-il avec son doigt. Ne parle pas trop fort, il ne faut pas qu'il sache qu'on est ensemble. Comme si j'allais me séparer de toi, il croit quoi lui ? Moi j'ai mon chien, mais toi tu es vulnérable tout seul.
Sans grands espoirs de faire quelconques trouvailles, les deux compères se remirent à la recherche de nourriture.

*

Loïs faisait de même, avec bien plus d'entrain. Il était le seul connaissant un regain d'énergie et dont le moral s'améliorait au fil des heures. Lui qui avait frôlé par deux fois la catastrophe, redevenait optimiste en voyant sa jambe guérir aussi rapidement, retrouvant peu à peu l'entièreté de ses capacités physiques. Il s'extasia soudainement à la vue d'un buisson qui lui était bien familier.

— Mais non ! Ce sont des groseilles, ils vont m'idolâtrer c'est certain.

Le garçon s'appliquait à cueillir tous les fruits qu'il voyait, sans se priver de goûter une baie de temps à autre. Plongé dans sa délectation, il n'entendit pas la présence se rapprocher dans son dos. Il fut simplement alerté lorsqu'une ombre gigantesque vint foncer son garde-manger. Sans avoir le temps de se retourner, deux grosses mains velues vinrent de chaque côté recouvrirent le visage du cueilleur et lui tenir ainsi plus que fermement la tête.

— C'est entre les deux yeux que j'aurais dû te la planter cette flèche.

À cet instant précis, complètement tétanisé, ce fut bien plus que de la simple peur lisible dans le regard de Loïs. En une fraction de seconde il avait compris ce qui lui arrivait et ce fut au moment où il s'y attendait le moins, que l'aventure s'arrêta pour lui. Gary tourna de toutes ses forces le visage de sa proie, lui tordant le cou et rompant d'un geste net, les cervicales du jeune homme.

HOLLY

Tout se passa très vite. Encore sous l'état de choc provoqué par le suicide de Véronique. Les invités suivirent abasourdis sur la partie basse à droite de l'écran, l'attaque furtive entraînant la mort de Loïs. L'ensemble du groupe se retourna vers Isabelle, le dos plaqué au mur, contre la paroi la plus éloignée d'eux. Les yeux fermés, elle poussait des pieds, voulant comme repousser la cloison et s'échapper du sort effroyable qui lui était promis. Paralysé dans un premier temps, aucun mot ne réussit à sortir de la bouche d'Édouard, puis celui-ci s'élança à pleines enjambées pour littéralement détruire celle qui avait enfanté le meurtrier de son frère. Deux secondes avant l'impact, l'unique porte de la salle qui se trouvait juste à côté de la mère de famille s'ouvrit. Un premier individu emmitouflé dans une épaisse tenue de protection noire entra et repoussa violemment l'assaillant d'un puissant coup de pied. L'homme tomba au sol le souffle coupé, tout de suite secouru par ses camarades. Ils assistèrent stupéfaits à l'entrée de trois autres gardes armés. Les haut-parleurs s'actionnèrent :

— Je vois que les esprits s'échauffent. C'est normal, vous êtes tourmentés par les événements, c'est excitant n'est-ce pas ? Vous sentez tout comme moi le dénouement proche ? Patience, savourez chaque instant. Je suis conscient que certains d'entre vous savent déjà que ce ne sera pas leur proche le proclamé gagnant, mais soyez bons joueurs et n'entachez pas le suspense encore d'actualité pour les autres. Mes hommes vont se charger d'évacuer le cadavre de

Véronique et de nettoyer la zone, il est évident que sa présence doit vous incommoder...

La femme à la gorge percée baignait dans une mare de sang.

— ... je constate également l'animosité montante envers Isabelle, c'est pourquoi, deux de mes employés vont rester vous tenir compagnie. Et je vous préviens qu'au moindre désagrément qui lui sera fait, il y aura représailles. Est-ce bien clair ? Je ne tolérerai aucune agression physique entre vous. Ce n'est pas le but de notre rencontre, contentez-vous d'assister au spectacle sur grand écran.

Mike

Des cris retentirent.

— On dirait la voix de Sony. Vite il appelle à l'aide !

Daniel et Mike se mirent à courir à travers la forêt, suivis de près par Macho se demandant bien la raison de cet empressement soudain. Ils écoutaient la provenance des hurlements qui leur parvenaient de plus en plus audibles au fur et à mesure qu'ils s'en rapprochaient.

— Là, ça vient de cette direction.

Les deux hommes arrivèrent devant leur camarade agenouillé qui leur tournait le dos. Ils le contournèrent et découvrirent horrifiés qu'il tenait Loïs inconscient dans ses bras.

— Que s'est-il passé Sony ? Il est mort ? demanda Mike, craignant la réponse qu'il aurait en retour.

Le jeune homme se retourna, le visage ruisselant de larmes.

— Bien sûr qu'il est mort putain, son cou est tuméfié, il se l'est fait tordre.

Daniel prit des pincettes ne voulant pas une nouvelle fois incriminer son camarade.

— Mais tu l'as trouvé il y a combien de temps ? Il était encore vivant quand tu es arrivé ?

— Vous pensez encore que c'est moi le coupable ?

Il se tourna de nouveau vers le corps sans vie.

— Je vous avais dit qu'il fallait s'en méfier de ce pourri ! C'est Gary qui lui a fait ça, il l'a tué !

*

— Cela fait maintenant cinq jours qu'on a été abandonné au milieu de nulle part.

Les trois individus restants se tenaient en tailleur, faisant le bilan de l'aventure.

— Carl, Steven, Barry et maintenant Loïs. La moitié d'entre nous sont morts. On ne va pas continuer ainsi, à tomber un par un jusqu'au dernier.

— Ça ira peut-être plus vite qu'on ne le croit... Si on meurt de faim.

Mike faisait rouler avec son doigt les groseilles retrouvées sur la dernière scène de crime. Abattu, Daniel proposa de changer de route :

— Et si on faisait machine arrière ? C'est vrai, nous n'avons plus d'indications et ne savons plus où aller depuis qu'on a décidé de suivre bêtement la même direction. Si on était au milieu d'une région inhabitée à des centaines de kilomètres à la ronde...

— Tu voudrais recevoir quelles instructions ? Celles pour te conduire à la morgue ? Toutes ses consignes données lui ont permis d'en arriver là où nous en sommes. C'est justement en contrecarrant ses plans qu'on parviendra à le vaincre.

— Oui mais bon, en attendant on ne sait pas ce qu'on doit faire, on est impuissant face à lui. Si ça se trouve il est à l'autre bout du monde et commande tout à distance.

— Tu en penses quoi Sony ?

Ce dernier était resté silencieux depuis sa macabre découverte.

— Je n'en sais rien, je suis perdu moi. On va suivre tes directives dorénavant Mike, en t'écoutant on arrivera peut-être à survivre.

Ils se turent un instant.

— Ça marche, on va commencer par partir d'ici, on trouve un endroit sécurisé avec une vue dégagée où on pourra passer la nuit sereinement. À partir de maintenant il faut se méfier de tout ce qui nous entoure, le moindre bruit, la moindre feuille d'arbre qui tombe. C'est en rentrant dans une paranoïa extrême qu'il ne nous arrivera plus rien. Vous avez bien vu, c'est à chaque fois qu'on a baissé notre garde qu'un drame est survenu. Dès que l'on s'est senti à l'abri de tous dangers, qu'on croyait l'épreuve terminée et qu'il était temps de savourer la récompense, l'un d'entre nous s'est fait piéger.

Le trio se leva, jeta un dernier regard sur leur compagnon jonchant le sol, puis reprit son chemin, conservant le cap fixé depuis la veille.

*

Boussole en main et chef de rang, Mike avançait lentement, écoutant ses propres conseils et faisant stopper le groupe à chaque mouvement inquiétant.

— L'endroit ne me semble pas trop mal, qu'est-ce que vous en pensez ?

Il se retourna vers ses camarades, n'obtenant une réponse que de Daniel, qui acquiesça de la tête. Tous deux constatèrent le silence continu de Sony.

— On fait un petit tour des lieux ensemble pour s'assurer qu'il n'y a rien à craindre ici et on en profite pour ramasser un peu de bois. Nous allons faire un feu qui restera allumé pendant toute la nuit.

*

Ce fut une soirée des plus calmes, personne ne proposa un petit verre de rhum et peu de paroles s'échangèrent. Mike resta longtemps assis par terre, enlaçant ses genoux contre lui. Il était pensif, surveillant l'horizon obscur, se remémorant le visage en pleurs de Sony. Celui-ci dormait à moins de deux mètres de lui, figurant dans son champ de vision, le jeune homme mettait un point d'honneur à ne plus le perdre de vue, par précaution. Est-ce qu'il pouvait jouer aussi bien la comédie ? C'était possible, mais depuis cet énième drame, il avait deviné une émotion nouvelle chez lui. Jusqu'ici impassible aux événements, l'individu semblait pour la première fois inquiet. De quelque chose qui lui échappait, qui ébranlait son calme à toutes épreuves et le rendait lui aussi maintenant vulnérable.

— Mike, je vais te remplacer.

Une voix chuchotante vint troubler sa réflexion. C'était Daniel, qui proposait à son ami de prendre sa place pour monter la garde.

— Non t'inquiète c'est bon, je préfère continuer encore un peu.

— Alors laisse-moi au moins t'accompagner, je n'ai pas sommeil.

Il s'assit à côté et demanda :

— Est-ce que tu aurais une clope s'il te plaît ?

— Oui bien sûr.

— Tu n'en prends pas une avec moi ?

— Non je me suis brossé les dents.

— Tu me fais marrer. On est en train de survivre tant bien que mal et toi tu conserves une hygiène irréprochable.

Ils se mirent tous deux à rigoler et se tournèrent à l'unisson vers le troisième homme pour s'assurer que leurs rires ne l'aient pas réveillé.

— J'ai emmené ma trousse de toilette, autant qu'elle me serve.

*

Au petit matin, chacun ramassa ses quelques affaires avant de quitter le camp. Daniel prit son sac à dos confectionné trois jours plus tôt par ses soins, afin de remplacer celui perdu dans la rivière lors de la tempête. Un simple signe entre les deux compères suffit pour confirmer que l'arme était toujours à l'intérieur. Les hommes se remirent en marche, maintenant la direction choisie au chalet il y avait deux jours de cela.

*

Peut-être se montaient-ils la tête, mais ils avaient depuis quelques heures un bon pressentiment, comme s'ils sentaient que l'échappatoire leur tendait les bras.

— Vous avez remarqué les gars, en regardant autour de nous, j'ai vraiment l'impression qu'il y a de moins en moins de caméras dissimulées sur le parcours. Je vous l'avais dit ce taré n'a pas pu réquisitionner un pays entier.

Le groupe avança de plus belle sur une centaine de mètres, lorsqu'il s'arrêta brusquement.

— C'est quoi ce qu'on vient d'entendre ?

Ils restèrent immobiles. Le son envahit une seconde fois la vallée et tous furent traversés par un courant glacial.

— Ce sont des loups, des putains de loups. C'est pas vrai...

Le chien de Mike se mit à aboyer. Son maître le réprimanda immédiatement :

— Tais-toi Macho ! Tu vas les attirer ici.

— C'est trop tard, s'ils hurlent de la sorte c'est qu'ils nous ont déjà repérés.

Daniel montra son agacement :

— Tu es tellement toujours optimiste et rassurant mon cher. Qu'est-ce qu'on fait Mike ?

— Vous voyez ces arbres au loin, ce sont nos seules chances de survie. À mon signal, vous allez courir comme ça ne vous est jamais arrivé de courir aussi vite, tout simplement comme si vous aviez une putain de meute à vos trousses. Dès que vous le pourrez, vous grimperez à une branche assez haute et attendrez bien sagement qu'ils déguerpissent.

— Et toi, comment tu vas faire avec le chien ?

— On trouvera un endroit où s'abriter ne t'inquiète pas.

À la fin de sa phrase, le souffle coupé, ils virent apparaître à l'horizon deux loups se dressant sur le point culminant de la prairie. La vallée formait une cuvette s'apparentant à un piège pour gibier se refermant sur eux et la chasse allait bientôt débuter. Au centre du

pâquis tels trois moutons désorientés, les hommes se regardèrent une dernière fois, sachant leur aventure se jouer réellement dans la minute qui allait suivre. À l'arrivée d'un troisième animal cette fois sur le flanc gauche du bassin, ils fixèrent leur objectif commun. En face d'eux, de grands conifères se dressaient à une centaine de mètres, tandis que les canidés se trouvaient à une distance trois fois plus importante, leur laissant ainsi une petite chance. Ils entendirent un autre hurlement provenant de leur droite, au son beaucoup plus clair, arrivant plus pur à leurs oreilles. À son tour Mike se mit à hurler en détachant simultanément la laisse de Macho :
— C'est ça le signal, courez !

Les aventuriers s'élancèrent à grandes enjambées, distinguant leurs agresseurs faire de même dans leurs angles morts. Le jeune homme suivi par son chien en tête de ce qui ressemblait davantage à une fuite plutôt qu'une course, galvanisait ses camarades :
— Plus vite, plus vite !

*

À mi-chemin, ce dernier se souvint de cette scène vécue dans le parc non loin de chez lui, il y avait seulement trois semaines de cela, lui semblant pourtant si lointaine. Il ne put s'empêcher, pendant ce très court instant où le temps avait l'air de s'être arrêté, de revoir ces images de joie. La truffe de son berger plongée au milieu des trèfles et de l'herbe fraîche. De ce fidèle compagnon qui jouait au ballon avec les enfants, de leur poursuite entre lui et son chien, qui après l'avoir talonné au plus près, l'avait fait chuter de tout son poids. Oui c'était aussi pour Macho qu'il craignait, là où l'évolution de l'autre animal, n'était sûrement pas la plus forte. Dans un regain de vigueur Mike cria et accéléra de plus belle, étonné par le doyen du groupe qui tenait la cadence et le collait aux basques. Parvenu au niveau des premiers pins, Daniel toujours élancé, leva les yeux et chercha un arbre auquel il pourrait grimper. Le maître et son fidèle compagnon continuèrent leur course slalomant entre les résineux aussi vite que possible pour gagner un abri approprié au membre à quatre pattes. Le jeune homme s'arrêta sèchement en implorant son chien d'en faire autant :

— Stop !

Il fut terrifié par la scène s'offrant à lui et sentit des larmes monter instantanément.

— S'il te plaît Macho reviens !

À quinze mètres devant eux, se tenait un loup énorme, arborant une épaisse fourrure en fin de mue, nuancée de gris et parsemée de quelques touches de beige. Il ne restait que très peu de spécimens de ce gabarit à l'état sauvage. C'était assurément un mâle, aux yeux jaune serpent et aux épaules si musclées, que son cou paraissait atrophié. Le berger se mit immédiatement en position d'attaque, montrant ses crocs et grognant le plus fort possible. Son vis-à-vis adopta une posture identique, laissant entrevoir des canines plus impressionnantes que son adversaire. Macho ne recula pas pour autant et fit quelques pas de plus en direction du loup. Mike était pétrifié, il redoutait l'issue d'un tel combat ne sachant comment éviter l'affrontement. Le chien attaqua pour de bon l'étrange créature qu'il apercevait pour la première fois de sa vie, mais qui lui était pourtant si familière. Ils se jetèrent l'un sur l'autre, employant de terribles coups de crocs visant le cou et la gueule. Le plus horrible pour le garçon fut le son émanant du carnage, la superposition des hurlements et des gémissements de douleur. Le combat fut étonnamment équilibré durant les premières secondes, il cherchait désespérément un moyen de venir en aide à Macho. Ce dernier se détacha une première fois de la mêlée, mais la bête ne lui laissa guère de répit et revint à la charge. Le jeune homme assistait impuissant à ce qui ne pouvait avoir d'autre issue que la mort d'un des participants. Affaibli, le berger était passé dans une phase de défense et n'infligeait plus de morsures réelles à son adversaire. Dans l'intensité diminuante de l'échange, son maître en profita pour asséner de terribles coups de pied dans les côtes du loup. Celui-ci ne réagit presque pas à la première intervention, mais lors du second impact infligé par Mike, il s'extirpa du duel et s'éloigna brusquement des deux combattants lui faisant face. Tous les trois s'observèrent longuement, le garçon perçut le sang recouvrant une partie de la gueule de l'ennemi, qui après avoir jaugé le risque engendré pour si faible récompense, décampa en trombe à travers la forêt. Soulagé de le voir s'enfuir, il s'empressa de vérifier l'intégrité physique de son chien.

— Macho! Est-ce que ça va?

Il n'eut pas le temps de s'assurer de la bonne santé de son compagnon, lorsqu'un coup de feu retentit. Le garçon courut vers la provenance présumée du tir. À peine cent mètres plus loin, il trouva Daniel allongé sur le dos pointant quelque chose du doigt. En suivant le sens indiqué, Mike aperçut le derrière d'un autre membre de la meute fuir lui aussi la zone. Son ami prit une grande inspiration en levant les yeux au ciel.

— Ça va mon pote?

— Ouais ça peut aller.

Il attrapa la main tendue pour se relever et jeta au loin le revolver.

— J'ai eu la peur de ma vie. J'avais de l'avance pourtant, mais je n'ai pas réussi à grimper à cet arbre que tu vois là. Après plusieurs tentatives infructueuses, j'ai conclu que je n'arriverais pas à y monter. Je me suis donc agenouillé pour prendre l'arme dans mon sac, j'ai eu à peine le temps d'agir que je me suis fait surprendre par un des loups qui m'a sauté dessus, me faisant tomber à la renverse.

— Comment as-tu fait pour ne pas être déchiqueté?

— En une fraction de seconde, j'ai pu in extremis tirer. Dans la panique je l'ai manqué, mais le bruit de la détonation l'a effrayé.

— Mouais... je commence à te connaître, dis plutôt que tu as fait exprès de ne pas l'abattre, ça t'aurait fait trop de peine.

Il répondit par une simple moue avant de demander:

— Et Sony, il est où?

— Oh putain, j'en ai oublié Macho!
Mike se jeta sur son chien pour l'examiner.
— Il a une vilaine blessure sur la joue, fait chier ça a l'air sérieux.
Daniel se mit à leur hauteur pour l'observer à son tour. Le jeune homme discerna immédiatement la peine transcrite dans le regard de son compère. Ce dernier prit un air navré.
— C'est surtout là regarde.
Il écarta les poils pour montrer la blessure à son maître, le berger allemand gémit puis s'assit sous les caresses des deux hommes lui demandant de se calmer.
— Merde, lança-t-il, larmoyant en se prenant le visage à une main.
Une plaie profonde se situait en bas du cou de l'animal, proche de sa patte avant gauche. Sony arriva tout tranquillement en les interpellant:
— Hey les gars! Ça va, rien de cassé? rit-il en prononçant ces mots.
En s'approchant, il s'aperçut du désarroi de ses camarades et en comprit rapidement la raison.
— Il ne faut pas rester trop longtemps ici, ils pourraient revenir avec le reste de la meute.

*

Les hommes avaient rejoint la rivière rencontrée plusieurs fois pendant l'aventure, au lit moins large à cet endroit, jugée malgré tout être une bonne échappatoire si les loups revenaient à l'assaut. Dans le cas d'une attaque ils pourraient s'enfuir, s'aidant du courant pour les emporter. La nuit commençait à tomber et le trio semblait être poussé dans ses derniers retranchements.
— Même dame nature nous déclare la guerre!

— On s'en est tous sorti indemne c'est déjà un miracle. Il va bientôt faire noir, il faut qu'on allume un feu avant de ne plus rien voir.
— Mais non, je t'ai dit qu'on serait bien plus détectable par l'odeur et la fumée.
— Tu en dis quoi toi ?
Mike regardait son chien dormir sur le plaid qu'il avait emporté du chalet. Il lui avait fabriqué un pansement avec son autre t-shirt conservé jusqu'ici dans son sac à dos. Ce bandeau faisait le tour du cou de l'animal, permettant de comprimer la blessure, limitant ainsi la perte de sang.
— Moi je pense qu'on peut faire un feu, on aura moins froid cette nuit et surtout on pourra voir venir autour de nous.
Il jeta un regard bref sur son compagnon blessé pour lequel il se faisait du mouron, avant d'ajouter :
— Le plus important est de faire un tour de garde jusqu'à ce que le soleil se lève, nous ne devons absolument pas dormir tous les trois en même temps, de façon à ce que l'un d'entre nous réveille les autres au moindre problème.

*

Daniel fut convaincu par les arguments de son ami et se mit à ramasser du bois non loin de là. Les trois individus avaient le ventre qui criait famine et auraient payé cher pour trouver de quoi se sustenter, mais les émotions de la journée ne leur procurèrent pas l'énergie suffisante pour aller chercher de quoi manger dans les parages. Tous s'accordèrent pour finir la bouteille de rhum, espérant duper leur estomac avec autre chose que de l'eau. Toujours aussi inquiet, Mike prenait son temps à boire son verre, par micro-gorgées pour faire durer ce réconfort minime.
— Ne t'inquiète pas, je suis sûr qu'il va s'en sortir.

— Merci. Oui c'est un dur à cuire je ne me fais pas de souci pour lui.

Le jeune homme souriant, semblait se mentir à lui-même pour se convaincre que l'animal survivrait.

— Sinon je peux l'achever pour te rendre service si tu veux.

Ce fut la blague de mauvais goût de trop pour le garçon qui rentra dans une colère noire. Il se leva d'un coup vers le plaisantin, le mettant en garde d'un ton menaçant mais au volume étonnamment modéré :

— Tu vas bien fermer ta gueule et écouter ce que je vais te dire Sony...

Le fustigé posa ses lèvres sur le rebord du verre qu'il s'était servi, puis le reposa en révélant un large sourire narquois.

— ... si tu touches un seul poil de mon chien je te bute ! Achever les humains, c'est peut-être une de tes qualités à mentionner sur ton CV...

La mine enjouée de son interlocuteur disparut instantanément pour laisser place à une expression de mépris et un regard assassin.

— ... car oui j'ai de gros doutes quant à la prétendue accidentalité de la mort de Barry. Cependant, moi tu ne m'auras pas par surprise et s'il faut te noyer dans cette rivière ou t'éclater le crâne avec ces pierres, je m'en ferais un plaisir, c'est bien compris ?!

Mike ramassa la bouteille sur son passage, s'assit, finit son rhum cul sec et s'en resservit un aussitôt. Sony quant à lui, jeta le contenu de son verre et se coucha tout de suite après cet échange musclé. Il se tourna vers le bois, dos aux deux autres aventuriers. Ces derniers fumèrent une cigarette avant de commencer leur surveillance à tour de rôle.

— Prends-en une Daniel.

Mike regardait son paquet ouvert.

— Il ne nous en reste plus que quatre.

— C'est cool, on en tirera au moins un bon point de cette aventure, nous aurons arrêté de fumer.

— J'ai déjà plus ou moins stoppé tu sais, ce n'est qu'en soirée ou en vacances que je me fais ce petit plaisir.
Ils se turent un instant pour apprécier le ciel étoilé. Le plus âgé fit remarquer :
— Ce sera une belle journée ensoleillée demain.
— Daniel il va falloir redoubler de vigilance à partir de maintenant...
Ils jetèrent un œil sur le troisième homme.
— ... on ne le réveille pas cette nuit, tant pis simplement toi et moi effectuerons les gardes. On essaie d'échanger toutes les deux heures, ça te convient ?
Mike se brossa les dents au bord du cours d'eau, observant la lune quasiment pleine. Il était perplexe et se demandait bien comment allait se poursuivre leur périple.

*

— Réveille-toi !
Daniel secouait légèrement son ami, tentant de le sortir de son sommeil.
— Debout !
— Hum... c'est à mon tour ? Une minute j'arrive.
Il se tourna de l'autre côté, réajustant sa capuche de sweat.
— Non lève-toi, Sony a disparu.
— Comment ça, il a disparu ? Ce n'est pas possible tu l'as laissé partir ?
Le jeune homme se releva, observant longuement tout autour de lui, mais l'obscurité profonde et le feu aminci l'empêchaient de voir à plus de cinq mètres.
— Il est venu me rejoindre dans la nuit quand tu dormais. Il a commencé à se confesser et émettre des regrets quant à votre altercation. Forcément j'étais méfiant, prêt à crier pour te réveiller en cas de comportement bizarre ou agressif. À un moment il a prétexté

aller pisser. J'étais dans mes pensées et au bout de quelques minutes j'ai compris que ce n'était pas normal. Donc je me suis dirigé vers où il était parti, tout en gardant un œil sur toi, je ne voulais pas qu'il t'attaque par surprise. Pas une trace de lui, il est introuvable.

— Quel enfoiré, il t'a encore joué la comédie, t'a amadoué et en a profité pour se tirer en douce.

— Je suis désolé.

— Ce n'est pas si grave, on est mieux sans lui c'est juste qu'il faut...

Daniel finit la phrase en cœur avec lui :

— ... redoubler de vigilance.

*

Mike prit la relève pour laisser le doyen se reposer jusqu'au lever du soleil. Ça y est, le binôme se retrouvait seul à continuer l'aventure, avec deux fous en liberté planant comme un danger supplémentaire au-dessus de leurs têtes. À son réveil, Daniel alla se passer de l'eau fraîche sur le visage puis revint auprès de son compère.

— Tu as préparé quoi pour le petit déj'?

Le jeune homme sourit et lui tendit sa bouteille d'eau.

— Élixir de jouvence.

— Merci...

Il prit plusieurs gorgées.

— ... on part maintenant c'est ça?

— Oui j'en ai plein le cul de cet endroit.

*

Le duo continua son trek vers l'ouest. Peu avant que le soleil n'ait atteint son altitude maximale, le sentier les emmena droit sur une petite zone similaire à celles rencontrées précédemment.

— Le salaud ça recommence. Je vous préviens inutile de proposer un autre jeu à la mords-moi-le-nœud, vous pouvez vous le mettre où je pense, on continue notre chemin.

Ils traversèrent ce terrain vierge, semblant avoir été une fois de plus défriché et aménagé pour l'occasion par leur hôte. En arrivant au niveau de l'amas de roches habituel trônant au milieu du lieu, la voix de Joseph Levinski émana sans provoquer de grande stupéfaction chez les marcheurs :

— Bonjour messieurs !

Les individus firent mine de ne rien entendre et poursuivirent leur route sans regarder les haut-parleurs présents au creux du minéral.

— Je vous conseille d'écouter ce que j'ai à vous dire, cela pourrait éventuellement vous aider à survivre dans les heures à venir.

Daniel saisit son acolyte par l'avant-bras.

— C'est peut-être important.

— Au vu des doutes émis à l'encontre de votre camarade, je lui ai ordonné de vous quitter et d'embrasser une nouvelle fonction. Pour éclaircir vos pensées, je vais vous révéler un des subterfuges du jeu que j'ai créé. Vous n'étiez pas vraiment huit candidats à vous lancer au début de cette aventure, mais en réalité simplement sept. En effet, Sony était un infiltré et coopérait avec moi ou plutôt devrais-je dire, agissait sous mes ordres depuis le départ. Comme je vous l'ai dit, dorénavant son rôle va changer, il devient officiellement tueur à gages et devinez qui je lui ai demandé d'éliminer ? Pour que ce soit équitable, il ne se verra remettre aucune arme supplémentaire et devra user des mêmes ressources que vous. Le dénouement est proche, la nomination du vainqueur arrive à grands pas. Je vous souhaite bonne chance !

Holly

— Attendez, il ment! Vous savez bien que c'est son but, nous monter les uns contre les autres.

Gabriel paniqua lorsqu'il vit s'approcher de lui le reste du groupe suite à l'annonce faite à l'instant aux aventuriers. Il recula jusqu'aux deux gardes armés situés de part et d'autre de la porte, cherchant ainsi leur protection. Il s'écria d'une voix fluette ridicule :

— Monsieur Levinski !

La porte s'ouvrit et un troisième individu armé fit irruption dans la pièce. Les invités restèrent immobiles, spectateurs de la scène, ils se questionnaient quant à la raison de cette nouvelle venue. Ce dernier entrant portait comme ses collègues une mitraillette mais la détenait accrochée dans son dos. Il tenait également un pistolet dans sa main. Tout le monde fut abasourdi lorsqu'il le tendit à Gabriel.

— Ma véritable identité devait bien être dévoilée tôt ou tard. Je ne suis pas le meilleur ami de Sony, à vrai dire je ne le connaissais même pas il y a encore trois ou quatre semaines.

Il se saisit de l'arme et la pointa vers son public. Tous prirent peur et se mirent à couvert tant bien que mal, la plupart derrière leur lit, tandis qu'Isabelle se cacha par réflexe derrière une autre personne. Le jeune homme défronça les sourcils, baissa son bras et se mit à rire.

— Je plaisante, ce n'est pas dans mes plans de vous tuer. Du moins pas si vous restez sages.

— Espèce...

Il rebraqua son pistolet.

— Oh je vous en prie, ne soyez pas vulgaires.

Mike

— On a bien marché, nous allons pouvoir nous arrêter pour ce soir.
— Regarde là…
Il montra la cavité d'une souche d'arbre mort.
— … encore une caméra. Il a aménagé la terre entière, ce n'est pas croyable !
— Calme-toi, on s'en fiche nous allons bientôt partir d'ici.
— Et ce paysage qui n'en finit pas de proposer les mêmes décors depuis des jours, c'est toujours pareil, forêt, plaine, montagne, forêt, plaine, montagne…
Le duo s'installa au pied d'un petit mont rocheux et prépara un stock de branches et brindilles desséchées, pour ne pas avoir à bouger cette nuit. Ils n'avaient pas parcouru une grande distance aujourd'hui, les organismes puisaient difficilement dans les réserves et n'étaient pas réapprovisionnés en énergie. Quant à Macho, les hommes voyaient bien qu'il souffrait à cause de sa blessure mais ne savaient pas comment réduire sa douleur.
— Tu vois toutes ces jeunes pousses d'épicéas ?
Mike se mit sur la pointe des pieds et commença à en cueillir quelques-unes.
— Ne me demande pas d'où je tiens ça, je ne m'en rappelle plus, mais c'est comestible. On va en ramasser un maximum pour nous faire un bon repas.
Après une courte récolte, ils regagnèrent l'emplacement choisi pour établir leur camp et allumèrent un feu. Le jeune homme dépité

fit tomber les dernières croquettes du sachet dans la gamelle de son fidèle compagnon. Il bouchonna le plastique et s'assit lourdement sur les fesses.

— J'ai bien fait attention de réduire sa dose afin de prolonger au maximum sa nourriture dans le temps, malheureusement nous voici au septième jour et je ne vois absolument pas comment je vais pouvoir continuer à le nourrir.

En faisant ce constat Mike craqua, Daniel vint le réconforter.

— On va s'en sortir et lui aussi, ne t'en fais pas.

*

À l'aube du huitième jour, les corps eurent du mal à se réveiller et les quelques pousses de résineux ne comblèrent que trop peu l'estomac des aventuriers. Lorsqu'ils repartirent du camp, le rythme fut dès le départ moins soutenu que la veille, reproduisant inlassablement le schéma des jours précédents. En fin de matinée, ils descendirent de nouveau à la rivière qui, une énième fois, se présentait avantageusement sur leur trajet.

— Je me demande si c'est toujours la même que l'on voit ? Parce qu'on la rencontre souvent sur notre route quand même.

Macho se mit à laper en surface, Mike fit pareil avec le liquide désaltérant contenu dans le creux de ses mains.

— Hum, ça fait du bien. Je ne sais pas Daniel, ce qui est sûr, c'est que c'est constamment un plaisir en tout cas, l'eau semble pure et elle est si fraîche.

Il s'essuya la bouche et s'exclama :

— C'est quoi ça là-bas ? On dirait un corps échoué !

Les deux hommes se précipitèrent de remonter la berge pour accéder au naufragé.

— C'est Barry !

— Son corps est tout fripé.

Daniel se pencha pour l'examiner de plus près et le poussa avec son pied.

— Il a le cou recouvert d'ecchymoses. J'ai l'impression qu'on l'a étranglé avant de le jeter à l'eau.

— Tu vois je ne me trompais pas concernant le cas de Sony. Ça ne fait plus aucun doute, il l'a assassiné. Ce qui est d'autant moins surprenant depuis les annonces faites par son employeur.

— Ne le touche pas Mike on ne sait jamais. Bon, on repart, pas de temps à perdre si on ne veut pas finir comme lui.

Cette découverte macabre réduisit un peu plus le moral du binôme, qui malgré leur complicité, ne discuta pas beaucoup durant le reste de la journée. Les heures défilèrent et le soleil baissait dans le ciel, au même titre que l'énergie des deux aventuriers.

*

Le bruit du ventre de Mike faisait un boucan ininterrompu.

— Je n'en peux plus, j'ai tellement faim, râla-t-il en poussant pensif les braises du foyer avec un bâton.

— Tu veux qu'on refasse un tour pour tenter de dénicher quelque chose à se mettre sous la dent ?

— Je ne sais pas, on a déjà bien cherché et Macho est épuisé.

Il hésita un moment.

— Allez, on essaie une dernière fois.

Ils retournèrent en bordure de sous-bois et revinrent une demi-heure plus tard avec des jeunes pousses d'épicéas et quelques mûres. Mike tenta aussi un semblant de soupe dans sa gourde, en mélangeant eau, fruits et plantes, au goût et à l'aspect pas très ragoûtant, privés de la chaleur habituelle de ce breuvage qui leur aurait fait tant de bien au corps et à l'esprit. Ils conclurent ce repas par une cigarette de digestion, devenue comme un petit rituel. Daniel fut le premier à aller se coucher.

*

Le jeune homme fut réveillé par l'affolement de son camarade.
— Daniel, qu'y a-t-il ? Pourquoi toute cette agitation ? demanda Mike, encore à moitié endormi.
— Oh tu vas m'en vouloir terriblement, je suis désolé !
Il sortit totalement de son sommeil et se leva.
— Quoi ? Où est Macho ?
— J'ai voulu bien faire, c'était à toi de monter la garde, mais je sais que tu as accumulé beaucoup de fatigue, j'ai donc voulu te laisser dormir un peu plus.
En donnant cette raison, Daniel pensait obtenir de la compassion de la part de son ami, il n'en fut rien.
— Et alors que s'est-il passé ?
— Je me suis assoupi, pas longtemps je te jure, lorsque j'ai ouvert les yeux ton chien avait disparu. C'est fou je n'ai rien entendu.
Malgré la colère et l'angoisse le submergeant, Mike essaya de rester lucide.
— Soit il s'est fait kidnapper par un de ces enfoirés...
— Puisque je te dis que je n'ai rien entendu ce n'est pas possible.
— ... mais c'est quand même peu probable qu'ils aient pu embarquer un berger pesant presque quarante kilos, sans que celui-ci ne se débatte. Ou bien il est parti se cacher pour mourir. Beaucoup d'animaux le font ça.
Il releva les yeux sur Daniel et reprit :
— Hein, c'est plausible ça ? Il souffrait trop, voyant la fin approcher il ne souhaitait pas partir devant moi. Oh putain...
Il s'assit en boule par terre, la tête entre ses genoux. L'individu très mal à l'aise vint le consoler.
— C'est ma faute pardonne-moi, je te jure qu'on va le retrouver sain et sauf.
Il n'obtint pas de réponse, demeurant ainsi rongé par la culpabilité.

*

Le duo resta éveillé durant les deux dernières heures de la nuit. Aux premiers rayons du soleil, Mike alla chercher quelques pousses à manger et remplir ses bouteilles à la rivière. Le doyen fit quelques tentatives de conversation pour briser la glace, cependant son acolyte du début se contenta de répondre succinctement à ses questions, ne cherchant pas à étendre les échanges.

— On y va, si on veut atteindre cette colline avant ce soir.

Le garçon pointa du doigt l'élément de paysage le plus loin encore visible par l'œil humain. Le reste étant obstrué par les innombrables arbres à perte de vue.

— Tu penses qu'on pourrait être vers quelle petite chaîne de montagnes ?

— Je n'en sais strictement rien Daniel.

*

Pour la première fois depuis le début de l'aventure, l'ambiance fut tendue au cours de la journée et leur complicité qui semblait pourtant inébranlable, avait pris un sérieux coup de plomb dans l'aile. Mike avait beau prendre du recul et trouver des excuses à son compère, il ne pouvait encaisser cette bourde supplémentaire, qui venait s'ajouter à la fuite de Sony lors de la nuit précédente, là encore due à un manque de concentration lors de sa garde. L'air naïf et innocent de Daniel, qui lui avait donné jusqu'ici un trait attendrissant, s'envola subitement. Ces manques de vigilance pourraient leur être fatals et la perte de son chien lui était insupportable. Après tout ce qu'ils avaient vécu ensemble depuis leur rencontre, ça ne pouvait pas se terminer de cette manière.

*

Le plus âgé des deux peinait à avancer, il se retenait de se plaindre par peur d'irriter davantage son compagnon de route. Cependant la fatigue trop importante, il finit par demander une pause à ce dernier qui marchait à vive allure, sans baisser de régime depuis leur départ.

— On peut s'arrêter ? J'ai du mal à suivre la cadence, une petite halte et je me sentirai mieux.

Son ami s'arrêta sans dire un mot, donnant ainsi en silence, sa bénédiction pour cette proposition.

— Mike je t'en prie, tu ne vas pas me faire la gueule éternellement ?! Si tu savais comme je m'en veux, je culpabilise tellement, je sais la relation qu'il y a entre lui et toi.

— Je ne te fais pas la tronche Daniel, comprends-moi, j'accuse simplement le coup. Ce n'est pas évident, j'envisage des issues heureuses mais j'imagine également le pire.

— J'en suis conscient, encore désolé mon pote, sincèrement.

Gagné par l'émotion, le garçon se ressaisit avant d'être entièrement envahi.

— Allez, on va reposer les organismes et repartir d'ici une petite heure.

Son partenaire sourit à cette annonce, agréablement surpris par la longueur du répit accordé.

*

— On est bloqué.

Il leva les yeux en l'air, puis les baissa pour regarder de nouveau sa boussole. Devant eux, se dressait une petite falaise leur barrant la route. L'obstacle de huit ou neuf mètres de haut, les empêchait de poursuivre dans la direction empruntée jusqu'à présent.

— Daniel on y est presque, je sens qu'on est sur le point de découvrir les limites de son installation. Lui aussi a été contraint de s'arrêter ici, pensant fortement que nous n'arriverions pas à dépasser cet endroit.

L'enthousiasme contagieux du jeune homme gagna son ami qui trépignait de connaître la suite, se mirant totalement dans ce qu'il disait.

— Tu proposes quoi ? Il faut qu'on le franchisse, toujours est-il que ça ne va pas être de la tarte.

Ils entrèrent dans une courte phase de réflexion, analysant les moindres détails du mur de roche leur faisant face. Conscient que l'exercice serait périlleux et d'une difficulté sûrement trop élevée pour son compère, Mike fit une proposition.

— Il y a assez de prises pour que je l'escalade...

L'autre individu fit oui de la tête, s'appliquant à rester concentré sur les explications données.

— ... je parviens au sommet, ensuite je pourrai explorer les environs pour décider s'il s'agit de la bonne route et surtout, si cela vaut le coup que tu te prêtes à l'ascension.

— Ça me va. En revanche fais super attention s'il te plaît, je serais perdu moi s'il t'arrivait quelque chose.

Le garçon prit un instant pour choisir méthodiquement les premiers endroits où s'accrocher et le tracé à prendre dans l'idéal, se doutant bien que la montée ne se passerait pas comme comme il l'avait prédite, qu'il faudrait sans doute improviser une fois là-haut.

— Bon j'y vais.

Il s'élança confiant dans un premier temps, se retrouvant rapidement à trois mètres de haut. À cette hauteur il stoppa sa progression et jeta un œil sur son ami inquiet.

— Sois prudent Mike.

Il ravala sa salive, cherchant de nouvelles prises. Ne voyant qu'un seul endroit où s'agripper, il dut prendre appui avec son pied droit sur une roche ressortant amplement de la falaise. Lors de ce léger saut, cette dernière sortit de sa cavité et dégringola, emportant dans sa chute un épais nuage de poussière ainsi que des dizaines de graviers. Le spectateur en bas de l'édifice évita de peu l'éboulement.

— Ça va Daniel ? Ne reste pas trop près, d'autres pierres tomberont certainement.

L'alpiniste continua l'ascension sur la surface effritable. Il se fit quelques frayeurs, puis après un effort considérable, c'est le visage ruisselant de sueur qu'il parvint au sommet de l'escarpement rocheux.

— Ça y est j'y suis ! triompha-t-il en se frottant les mains pleines de terre limoneuse.

Son ami resté en bas se mit à crier encore plus fort :

— Félicitations, je savais que tu y arriverais ! Tu vois quoi là-haut ?

Mike se tourna, examinant longuement de gauche à droite le panorama s'offrant à lui.

— Tu vas être dégoûté, encore un bois on dirait.

Il fit quelques pas en avant et reprit :

— Par contre je ne vois aucune caméra pour le moment, c'est plutôt bon signe.

Il se mit à gueuler :

— Je m'aventure un peu plus loin pour voir s'il y a des accès et je reviens vite.

Son binôme lui répondit avec le même volume sonore :

— Ça marche, ne t'éloigne pas trop non plus.

Le jeune homme s'engouffra dans la végétation épaisse, écartant avec une branche arrachée, les larges fougères encombrant son parcours. À grandes enjambées, écrasant les hautes herbes sur son passage, il se retrouva vite au commencement d'une immense prairie à perte de vue. Il s'arrêta, contemplant l'horizon, puis commenta à voix haute :

— Cool, je pensais que la forêt était gigantesque mais la suite sera plus simple que prévu.

Il rebroussa chemin pour partager les trouvailles de son exploration. En arrivant au bord de la falaise, il commença à appeler son acolyte en jetant un oeil en bas :

— Daniel ! J'en suis certain maintenant, on est... Daniel !

Il le découvrit gisant au sol. Mike se précipita d'entamer la descente, reprenant les mêmes prises qu'à l'aller.

— Ne t'inquiète pas mon pote j'arrive !

N'ayant pas de réponse, il accéléra sa désescalade et manqua un appui ce qui le fit chuter lourdement avant le dernier mètre. Il se redressa douloureusement et rejoignit son ami.

— Daniel, est-ce que ça va ? Qu'est-ce qui t'est arrivé ?

Il le prit dans ses bras, le traînant jusqu'à un rocher pour l'y adosser. En enlevant ses mains, le garçon se rendit compte du sang perdu par son camarade.

— Dis-moi ce qui s'est passé ?

Le doyen entrouvrit légèrement les yeux.

— C'est Sony, il m'a poignardé dans le dos. Avant de partir, il m'a chuchoté à l'oreille « c'est dommage, ce ne sera pas toi le grand gagnant ».

— Quel enculé !

Il se mit à pleurer.

— À quels endroits t'a-t-il blessé ?

— Entre les omoplates, dans le ventre et quand je suis tombé au sol, il m'a de nouveau planté à l'aine, finit-il en toussant.

— Calme-toi Daniel tu vas t'en sortir, j'ai enfin trouvé un moyen de nous enfuir.

L'homme à terre qui avait du mal à respirer sourit.

— Non tu mens, tu n'as rien trouvé mais je sais que toi tu vas t'en sortir. Je pense que mon foie est touché, c'est fini Mike.

Ce dernier ne sut pas quoi répondre et baissa la tête, les larmes tombant de ses joues.

— Mon ami, prends mon sac et ouvre-le.

Il sourit à nouveau. Son compère s'exécuta, très étonné de ce qu'il y trouva.

— Je ne comprends pas ?

— Vas-y !

Il en sortit une bouteille de whisky qui contenait un fond de boisson, ainsi qu'un petit paquet de pistaches.

— Je sais, on a crevé de faim ces derniers jours mais je voulais absolument les conserver pour fêter notre victoire finale...

Il gémit de douleur et poursuivit :

— ... vu les circonstances je pense qu'un dernier apéro entre potes s'impose.

Mike déboucha la bouteille et approcha le goulot aux lèvres de Daniel, qui ne put prendre qu'une petite gorgée.

— Allez bois.

Il cracha un peu de sang. L'autre se remit à pleurer en contenant laborieusement la plaie ouverte du blessé grave.

— Excuse-moi pour aujourd'hui j'ai agi comme un sale con.

— Arrête c'est normal, tu as perdu la trace de Macho à cause de moi, j'ai toujours fait que des conneries dans ma vie de toute façon, ce n'est pas maintenant que je vais changer, dit-il en expectorant de nouveau. Tu sais j'ai passé une superbe aventure avec toi.

Il posa sa main sur celle de son ami.

— Lorsque tu retrouveras nos proches, tu diras à ma femme que je l'aime. Tu y penseras d'accord ?

— Tu lui diras toi-même.

— Jure-le moi s'il te plaît.

— Oui Daniel, promis.

— Ouvre le paquet de pistaches, prends-en une. Moi je ne peux pas ça m'étoufferait et écourterait nos adieux.

Mike fit sauter la moitié de la coque du fruit avec son pouce et renversa l'autre au-dessus de sa bouche.

— Tu sais ce qui me ferait très plaisir là ?

— Tout ce que tu veux, dis-moi.

— Me fumer une dernière cigarette avec toi.

Il prit l'avant-dernière blonde en sa possession, lui mit dans la bouche et l'alluma.

— Tu ne t'en grilles pas une avec moi ?

L'interrogé essuya son nez coulant et lui répondit :
— Non je la garde pour plus tard.

Daniel prit une autre taffe lorsqu'il se mit brusquement à tousser, faisant tomber la clope fumante au sol et laissant apparaître d'autres petites taches de sang sur son t-shirt. Son état se dégrada en quelques secondes, Mike le redressa en le suppliant de rester éveillé. En vain, ses yeux se fermèrent complètement. Il prit son pouls au poignet, puis au niveau du cou. Le jeune homme serra la mâchoire et ferma lui aussi les yeux, il ne ressentait plus aucun battement de cœur.

*

Il resta un moment près du corps, les larmes avaient cessé. En moins de vingt-quatre heures, il avait perdu son unique ami de la compétition et probablement son fidèle berger. Décidé à ne pas passer la nuit à côté du cadavre de Daniel, il lui fit un dernier adieu et quitta les lieux. Déboussolé, épuisé, il ne daigna pas faire l'effort de remonter la falaise, préférant vagabonder au hasard. Mike se retrouva définitivement seul au milieu de cette terre hostile, ne sachant où aller pour sauver sa peau. Il marcha ainsi sans but jusqu'au coucher du soleil.

*

Le soir venu, il avait reproduit les mêmes gestes sommaires qu'il faisait avec Daniel et les autres aventuriers les jours précédents. Oui mais voilà, son corps était bien présent cependant son esprit s'était évadé, agissant de façon mécanique sans réflexion. Il s'était assuré de trouver un endroit moins exposé aux dangers et avait allumé un feu pour la nuit à venir. L'envie n'y était plus et Mike était sur le point de perdre totalement espoir. Pensif, il redevint légèrement lucide lorsqu'il se souvint qu'il lui restait une dernière cigarette. Bien conscient qu'il regretterait de ne pas se l'être gardée pour plus tard, il décida de la fumer maintenant, en souvenir du bon vieux temps déjà tellement lointain. Il pensait à Holly évidemment, à Macho mais aussi à Laura, pour qui il devait honorer sa promesse. Le jeune homme tira une dernière latte sur sa blonde avant d'écraser au sol le mégot, puis le mit dans la petite boîte en métal qu'il utilisait comme cendrier depuis le début de l'aventure. Il était sur le point d'aller se brosser les dents quand tout à coup il aperçut une lueur dans le ciel. Quelques instants furent nécessaires à ses yeux pour faire l'ajustement, afin de distinguer quelque chose dans l'environnement très sombre. Peu à peu, il reconnut la forme d'une montagne et rapidement il écarta tous les doutes possibles concernant la lumière.

— Oui, il s'agit bien d'un feu de camp.

Il s'empressa de regrouper ses affaires dans son sac et vida le reste du bidon de cinq litres sur les braises ardentes du foyer. Mike passa la nuit dans l'obscurité totale et pour la première fois seul, ce qui fut pour lui la plus sinistre de toutes. Il ne ferma pas l'œil durant l'entièreté de celle-ci, mangeant lentement ses pistaches en contemplant le jaune orangé de la combustion, qui dès le lendemain matin, deviendra l'objectif à atteindre.

*

Le jeune homme repartit à l'aurore, il fixait son repère du regard en continu. Les flammes avaient laissé place depuis peu à une fumée grise montant linéairement dans le ciel. Il se trouvait trop loin pour apercevoir une silhouette humaine, cependant il connaissait l'expression factuelle comme quoi il n'y avait pas de fumée sans feu. Était-ce un piège ou bien une bouteille jetée à la mer par Gary revenu à la raison ? Il n'en savait rien mais allait bientôt le découvrir. Quatre ou cinq kilomètres semblaient le séparer de l'endroit, qu'importe il voulait en finir et comptait mettre un terme à cette aventure sordide. Les différents scénarios se succédaient dans sa tête, au fur et à mesure que la distance entre lui et son but s'amenuisait, il anticipait les dénouements possibles, préméditant les décisions à prendre en fonction de ce qui se passerait là-haut.

*

Il arriva enfin au niveau du feu en fin de vie, dont n'émanaient plus que quelques filons de fumée. Mike très méfiant marchait lentement, examinant méticuleusement la zone. Une excavation dans la roche à flanc de montagne créait une sorte de plateau où quelqu'un semblait avoir établi son bivouac. Le foyer avait été fait volontairement proche du vide, pour être visible de loin depuis les plaines en contrebas. De plus, sa vulnérabilité au vent indiquait qu'il avait été continuellement alimenté pour être maintenu et que l'approvisionnement avait cessé depuis peu. Attentif au moindre bruit, il s'approcha des cendres pour essayer d'y trouver quelque chose le menant sur une piste, lorsqu'il fut surpris par l'arrivée inopinée d'un individu dans son dos. Comme à son habitude, le fourbe affichait un sourire accroché aux lèvres d'une pommette à l'autre.

— Alors, comme on se retrouve !

Pris en embuscade, Mike se réfugia dans la cavité sur sa gauche formant un début de petite grotte. Sony le tenait en joue avec un grand couteau.

— Tu le reconnais ? C'est celui de Gary, il ne surveille pas suffisamment ses affaires. Regarde il y a encore un peu du sang de ton ami dessus.

Il fit tournoyer lentement la lame devant son visage. Son ennemi ne lui répondit pas, trop concentré à chercher une faille, pour se sortir de cette situation plus que délicate.

— Avant de te régler ton compte à toi aussi, j'aimerais tout de même que tu saches le fin mot de l'histoire. Moi à la base, j'étais un simple infiltré employé par Monsieur Levinski, cependant je dois dire qu'il m'avait immédiatement prévenu que je pouvais être amené à éliminer certains d'entre vous. Je pense qu'il n'avait pas prévu que vous soyez aussi coriaces, j'ai par conséquent dû intervenir un peu plus que convenu...

— Je vais te faire payer ce que tu as fait à Daniel.

Mike se tenait prêt à esquiver en cas d'attaque.

— Laisse-moi t'expliquer...

Il prit une intonation de monologue théâtral, accompagnée de grands gestes.

— ...en résumé, ma mission principale était de vous orienter vers les points de rendez-vous installés par la production, là où se trouvaient les haut-parleurs, afin de recevoir les instructions. Je donnais simplement mon avis sur les chemins à prendre, d'une manière à vous convaincre que c'était le meilleur choix et le tour était joué. Il ne fallait pas imposer les choses pour que vous ayez l'impression de décider par vous-même. En revanche, il m'est arrivé plusieurs déconvenues. D'abord ce cher Carl, quelle malchance il a eu de me surprendre avec mon portable, durant la descente de la paroi rocheuse en tout début d'aventure. Ça m'a servi de leçon, j'ai été bien plus discret par la suite mais sur le coup j'avoue qu'il fallait que j'improvise, il était sur le point de tout divulguer, je l'ai donc légèrement poussé. Ensuite Barry...

Il soupira et reprit :

— ... allons, ne fais pas l'étonné Mike. C'était un vrai boulet ! Il était assurément l'élément faible de votre bande et avec sa blessure il vous retardait, rendant l'aventure moins intéressante pour les spectateurs. J'ai donc eu l'ordre de m'en débarrasser. Quand il est parti se désaltérer à genoux au bord de la rivière, j'ai profité de la situation...

Le conteur se mit à rire, nostalgique en se remémorant la scène.

— ... je revois la séquence, il a été surpris le pauvre. Je me souviens encore de ses petits doigts potelés essayant en vain de retirer mes mains autour de son cou. C'est allé assez vite, puis je l'ai poussé dans l'eau. Enfin ce gentil Daniel, tu connais déjà plus ou moins l'histoire. Je m'y suis bien pris sur ce coup, j'ai fait exprès de le blesser suffisamment pour ne lui laisser aucune chance de survie, mais pas au point qu'il meurt avant que tu puisses le rejoindre. Je voulais absolument que vous ayez le temps de vous dire adieu. Voilà tu sais maintenant tout ce qui s'est passé. Tu auras fait une belle aventure, c'est ta méfiance qui t'a permis d'arriver à ce stade de la compétition.

Sony fit un premier pas vers Mike, lorsqu'une masse vint s'abattre dans son dos. Le ton démonstratif et ses tirades à voix haute, l'avaient empêché d'entendre que quelqu'un arrivait par-derrière.

— Content de voir que mon piège a fonctionné, triompha Gary en jetant sa lourde roche tenue à deux mains.

Sans bruit, il avait atteint le dramaturge, lui assénant un énorme coup sur le crâne avec le bloc recouvert de mousse. Malgré son imposante carcasse, il avait su faire preuve d'une extrême discrétion, avançant comme un lion dans la brousse, rendant ses pas si légers dans l'herbe que son approche fut indétectable.

— Je me demandais bien qui avait volé mon couteau, fit-il remarquer en jetant un œil sur le corps sans vie, jonchant le sol, avec une flaque de sang puisant sa source depuis le crâne éclaté du cadavre. C'est moi qui ai allumé ce feu pour vous attirer jusqu'ici. Avec les explications données par cet abruti, je conclus qu'il ne reste plus que toi et moi.

Mike s'élança vers le fils d'Isabelle mais ce dernier dégaina un révolver et le braqua, l'arrêtant net dans sa course.

— Ce n'est pas bien d'oublier ses affaires dans la forêt, tu n'aurais pas dû le confier à Daniel, il était sympathique mais trop distrait.

Il donna un grand coup de pied dans le poignard tombé au sol, qui passa à côté de l'individu désarmé et tomba de la falaise.

— Puisque c'est le moment des confidences je vais également t'en faire une. C'est bien moi qui me suis occupé de Loïs, tu t'en doutais je suppose, je tenais à te le dire, j'aime assumer mes actes et en l'occurrence je ne pouvais pas saquer sa tronche.

Son vis-à-vis avec l'arme pointée sur lui ne répondit pas. Dans des gestes lents il enleva le sac de son dos et s'accroupit pour l'ouvrir.

— Que fais-tu ? Attention ! Si tu joues au héros je te flingue.

Le jeune homme sortit son opinel, se releva doucement et fixant son adversaire d'un regard rempli de haine, il déplia la lame. Le grand gaillard explosa de rire.

— Tu penses vraiment pouvoir faire le poids avec ta babiole ?

— Et toi espèce de blaireau, tu as de la merde dans les oreilles ? Tu n'as pas entendu Daniel tirer l'unique balle contenue dans le révolver ?

Gary se figea et devint tout pâle.

— Bah alors mon pote on dirait que tu as vu un fantôme, ajouta Mike.

— Tu bluffes ! Tu bluffes ! répéta-t-il plus fort.

— On verra bien, tu n'as qu'à tirer sur moi. Allez vas-y, vise bien !

Le garçon lui criait dessus, croyant le rapport de force s'inverser.

— Qu'est-ce que tu en sais ? Ces fous ont tout intérêt qu'il y ait un vainqueur, va savoir ils l'ont peut-être rechargé avant que je ne m'en empare !

Il sourit en voyant le doute se lire à nouveau sur le visage de l'autre individu. Il amena sa deuxième main sur la crosse du révolver et visa la poitrine de son ultime ennemi.

— Adieu mec.

Tremblant comme une feuille, il appuya à plusieurs reprises sur la gâchette en hurlant. Trois petits sons de mécanisme à vide retentirent, Mike rouvrit les yeux et serra encore plus vigoureusement son petit canif.

— Ça change la donne à présent...

Il leva le bras et balança son couteau dans le vide. Ahuri par ce geste incompréhensible, Gary reprit ses esprits.

— Tu n'aurais jamais dû faire ça, maintenant je vais m'occuper de ton cas !

— C'est ce qu'on va voir. Je ne pouvais pas me rabaisser à ton niveau et simplement te planter. Tu n'imagines même pas à quel point je vais te mettre en miettes et prendre un malin plaisir à entendre tes os craquer sous mes doigts...

Il n'en fallut pas plus pour rendre l'homme fou de rage.

— ... voilà énerve-toi, pense à ta mère qui ne reverra jamais son fils adoré.

Le colosse se précipita sur Mike en tentant de le frapper avec son poing droit. Ce dernier l'évita facilement et en profita pour s'éloigner de la zone dangereusement proche du vide.

— Il va falloir que tu m'en montres un peu plus si tu veux avoir une chance de me battre.

Gary ne parlait plus, de la bave dégoulinait de sa mâchoire tellement contractée, que sa lèvre supérieure illustrait sa colère par un tic la faisant bouger frénétiquement. Il revint à l'assaut essayant de toucher à maintes reprises celui qui esquivait avec une aisance déconcertante l'ensemble des charges.

— Tu es minable, tu fais le gros balaise mais tu ne vaux rien, persécuta-t-il le combattant à bout de souffle.

Dans un dernier effort il entreprit une ultime tentative, une nouvelle fois en vain. Son adversaire para l'attaque et lui mit un uppercut sous le menton. L'individu touché heurta violemment le sol et eut à peine le temps de se relever, qu'il prit un énorme coup de pied dans les côtes. Mike s'assit à califourchon sur le blessé et lui tourna la tête pour le regarder droit dans les yeux.

— Je tiens toujours mes promesses...

Gary le fixait, muet sans même le supplier.

— ... c'est moi le grand gagnant ! cria le jeune homme en postillonnant sur son prisonnier.

Ils restèrent quelques secondes à s'observer, puis l'individu dominant l'autre, se mit à le frapper au visage sans s'arrêter. Il le boxa si fort, si longtemps, que le sang lui gicla au visage, ne se rendant pas compte que le cœur de sa victime cessa rapidement de battre sous la pluie des coups assénés. Le vainqueur du combat, épuisé, s'effondra de fatigue sur le corps maintenant sans vie.

*

Mike était désormais l'unique rescapé de cette aventure, le seul participant à avoir survécu aux neuf jours d'épreuves, d'attaques et de pièges orchestrés par son hôte dont il ignorait tout, mis à part son nom qui était sans certitude le vrai. Il restait choqué par sa propre violence dont il avait fait preuve au cours du combat mortel, l'opposant à son dernier adversaire. Le garçon espérait en avoir fini pour de bon avec cet endroit et se demandait comment on allait le sortir de là, si toutefois cela était prévu au programme. Il découvrit un autre sentier partant du plateau où il se trouvait, sûrement celui par lequel Gary était arrivé discrètement avant d'assassiner Sony. Très vite celui-ci le conduisit à une petite plateforme de terre battue identique à celles rencontrées tout au long du périple. Joseph Levinski prit la parole avec un grain de voix particulier, presque émotif :
— Bonjour Mike, nous y sommes. Waouh quel chemin parcouru ! Je dois te l'avouer, tu n'étais pas mon favori au début, malgré cela tu as su tirer ton épingle du jeu et te montrer redoutable. Tu as gagné ! C'est toi le plus fort.
— Dites-moi comment partir d'ici…
Abattu, il marqua un court silence puis implora :
— … s'il vous plaît.
— Bien sûr tu le mérites. Je vais te demander un dernier petit effort mon grand, tu te souviens comment tout cela a commencé, l'endroit où vous vous êtes réveillés après le trajet en car. Tu vas devoir le rejoindre, là-bas tu seras pris en charge avant de pouvoir enfin retrouver Holly.
À ces derniers mots, l'aventurier sortit de sa tristesse profonde et releva la tête.

— Regarde à l'horizon, on le voit d'ici le lieu que tu dois atteindre. À vol d'oiseau, il y a dix kilomètres, ce n'est rien ça pour toi. Je te laisse, la prochaine fois que je m'adresserai à toi, ce sera en chair et en os, afin de te remettre tes un million d'euros.

Les haut-parleurs cessèrent d'émettre et Mike remit l'anse de son sac sur son épaule.

*

Le jeune homme marchait depuis une heure et avait parcouru à peine quatre kilomètres, car la descente était jusqu'ici très pentue. Lorsque le terrain redevint un peu plus plat, il arriva en forêt, perdant de vue son objectif. Boussole à la main pour maintenir le cap, il avançait à un meilleur rythme au milieu des grands caducs asséchés par les températures élevées de ces dernières journées. Alors qu'il reprenait peu à peu confiance, conscient que son cauchemar allait bientôt se clore, il ressentit soudainement une présence le suivre à pas feutrés dans la végétation. Sa respiration se tut un court instant, le laissant tout juste se retourner, Mike comprit alors ce qui le menaçait. Il se mit à courir, chevauchant les hautes herbes et troncs d'arbres morts sur son parcours. Cherchant désespérément quelque part où s'abriter, il aperçut le fameux chalet en bois. Ce dernier paraissait inatteignable à temps, tandis que le sprinteur fut à moitié aveuglé par les larmes que provoquait cet énième guet-apens. Dans un dernier élan, le garçon se jeta de tout son corps contre la porte-fenêtre, explosant la vitre en mille morceaux. Il fut aussitôt saisi au mollet par son assaillant, qui le fit s'égosiller de douleur, faisant ainsi trembler toute la nature avoisinante. S'emparant d'un débris de verre, il se gaina à hauteur de la bête et lui enfonça l'objet tranchant dans la gorge, s'y reprenant une dizaine de fois, reproduisant ainsi l'exécution vécue deux heures auparavant. Le loup, touché grièvement, finit par lâcher son gigot et ressortit péniblement de la maisonnette. Il ne fit que quelques pas dehors avant de s'effondrer au sol.

HOLLY

La disparition de Sony n'avait ému personne, mais les décès successifs de Daniel et Gary avaient définitivement instauré le désarroi dans la salle des invités. Laura était inconsolable et Isabelle rapidement neutralisée par les gardes, avait tenté de s'en prendre à Holly. Seule cette dernière craignait encore pour la vie de son compagnon, priant pour qu'il atteigne sain et sauf le dernier point de rendez-vous. Les cinq autres proches n'attendaient plus rien de leur hôte puisqu'ils avaient tous perdu leur conjoint, fils ou frère durant le jeu. Horrifiée par la douleur que pouvait ressentir à ce moment son compagnon, la jeune femme suivait la convalescence de celui qui occupait dorénavant l'entièreté de l'image projetée au mur.

*

Le silence régnant dans la pièce n'était interrompu que par les gémissements de Mike à l'écran. La porte se mit à coulisser et une dizaine d'hommes casqués firent irruption surprenant tout le monde, même les employés de Monsieur Levinski.
— Go, Go, Go !
Ces individus ne ressemblaient en rien aux ravisseurs auxquels ils étaient confrontés jusqu'à présent, tous comprirent rapidement qu'il s'agissait d'une mission de sauvetage. La moitié d'entre eux pointèrent leur mitraillette sur les kidnappeurs, tandis que le reste des intervenants prirent chacun un prisonnier par le bras, l'extirpant ainsi des lieux.

Mike

— Ah, il m'a charcuté le mollet.

Le jeune homme avait perdu pas mal de sang suite aux morsures de l'animal et s'était traîné jusqu'au canapé pour s'y adosser. L'intérieur de sa main était aussi profondément entaillé par le bout de verre qui lui avait servi d'arme.

— Bon, il va falloir que je me bouge si je ne veux pas que le reste de la meute vienne me bouffer.

Il fit couler de l'eau sur ses blessures, enleva son t-shirt et le déchira en deux morceaux, l'un plus petit que l'autre, pour les panser. Non sans mal, il coucha la grande armoire du salon et la poussa afin de condamner l'ouverture qu'il avait occasionnée par son arrivée quelque peu brutale. Se sentant en sécurité après avoir verrouillé le pêne dormant, il se mit à la recherche de nourriture et de quoi se soigner.

— C'est fou ça, nous n'avons rien laissé ! Plus d'alcool pour désinfecter mes plaies, ni l'ombre d'une cacahuète à me mettre sous la dent.

Mike démarra un feu dans la cheminée, avec les quelques bûches restantes de leur passage il y avait déjà quatre jours de cela puis en prévision de la nuit, il s'aménagea un confortable couchage, constitué du fauteuil, des nombreux coussins à sa disposition ainsi que la table basse pour pouvoir y allonger sa jambe. Malgré la souffrance due à cette dernière, il ne tenait pas en place. Il avait l'impression de perdre son temps ici, alors qu'il se trouvait si proche de conclure cette histoire de dingues. Il hésita dix fois à quitter l'habitation, avant d'exclure totalement cette hypothèse jugeant le risque trop important.

— Je vais mettre un peu de musique, ça va me détendre.

Le mélomane choisit une pochette et mit en place le disque poussiéreux. Les premières notes jouées firent immédiatement effet.

— Ah, un bon vieux classique fait toujours l'affaire.

Il ferma les yeux puis revint à la réalité.

— Ça ne règle en rien ma famine.

Le garçon réfléchit un instant, lorsqu'une idée lui vint en regardant par la fenêtre. Il s'approcha et y colla le nez.

— Je pourrais te faire rôtir au feu de bois toi, tu dois avoir bon goût bien fumé. Mais je n'ai plus mon opinel, comment vais-je faire ?

Il se tourna, inspectant du regard les moindres recoins de la pièce. Il ouvrit tous les placards, ce fut finalement dans un tiroir du meuble renversé, qu'il trouva une paire de ciseaux.

— Hum, j'en connais qui n'auraient pas hésité à me les planter dans le dos s'ils étaient tombés dessus.

Par un bref coup d'œil au carreau, Mike s'assura que la voie était libre, débloqua la serrure et vint auprès de la carcasse poilue.

— Quand faut y aller, faut y aller !

Il arracha une touffe du pelage, inséra légèrement la lame sous la peau puis commença à le dépiauter.

— On dirait que j'ai fait ça toute ma vie.

Il vérifia de part et d'autre que rien n'errait dans les parages. Après cinq ou six centimètres d'incision il stoppa son intervention, regardant tendrement la gueule du loup à la langue pendante.

— Allez c'est bon j'arrête. Je ne crève pas la dalle non plus.

Indécis, il ne savait plus quoi faire, amadoué par l'air si paisible de la bête en totale contradiction avec l'agressivité de tout à l'heure.

— Et puis merde ! Tu as essayé de me dévorer toi aussi, j'ai bien le droit. En fait si, je crève la dalle, je n'ai quasiment rien avalé depuis une semaine. Pff…

Mike abandonna définitivement l'idée et regagna la cabane.

*

La nuit fut très compliquée pour l'aventurier encore en lice. Son mollet le faisait terriblement souffrir et la fatigue extrême lui donnait des migraines, faisant ressurgir les images effroyables des événements vécus durant le jeu. Tour à tour il revit le visage de ses camarades qu'il avait vu mourir un par un. Pour ceux qui n'avaient pas trépassé devant ses yeux, il reconstituait leurs derniers instants grâce aux détails avoués par leur assassin. Le plus dur, c'était de revoir le faciès de Gary, tuméfié, méconnaissable tellement il l'avait défiguré en si peu de temps. Il pensait à son proche aux côtés d'Holly, qui avait dû assister à cette mise à mort en direct. Il ressassait la scène toujours aussi intacte dans sa mémoire, se disant qu'elle n'aurait pas pu avoir une autre issue. Si ce n'était pas lui qui avait pris le dessus, son adversaire ne l'aurait pas épargné non plus et il aurait sûrement fini dans le même état.

*

Les premiers rayons du soleil, réverbérés par la vitre sur le visage de Mike, le firent sortir de son sommeil. Il avait tenté de lutter, pour rester éveillé à l'affût d'un quelconque danger mais il s'était assoupi. L'accumulation des nuits blanches et l'ascenseur émotionnel permanent occasionné par toutes ces mésaventures avaient eu raison de lui. Le réveil fut pénible, ses douleurs immédiates au mollet furent annonciatrices d'une journée difficile. Le jeune homme resta un moment avachi sur le canapé, à moitié dans les vapes, récapitulant à voix basse le chemin parcouru et surtout le si peu qu'il lui restait à faire :
— C'est sûr mec, ça se termine aujourd'hui.

*

Il lui semblait avoir parcouru plusieurs kilomètres, alors qu'en réalité il en avait fait tout juste un. Son rythme très lent et son manque évident de lucidité mettaient clairement en lumière son état. Mike s'affaiblissait d'heure en heure, notamment à cause de sa jambe qui le faisait souffrir de plus en plus.

— Ah, putain.

Il enleva son sac et s'assit sur une roche. Une longue prairie se présentait devant lui.

— Une fois celle-ci traversée, je ferai une bonne pause. Il me restera alors environ trois kilomètres, ça me laissera tout l'après-midi pour les faire. Ça devrait largement me suffire.

Il contemplait l'étape en question, peinant lui-même à croire ce qu'il avançait.

*

À la reprise de son excursion aux trois quarts de la journée, légèrement plus tardivement qu'il ne l'avait prévu, la cadence fut définitivement moins soutenue. L'ascension de la colline rocailleuse qui suivit l'acheva et bientôt il se traînait davantage qu'il ne marchait.

— Je n'en peux plus, se plaignit-il, haletant fortement.

Mike courbé par l'épuisement extrême, se laissa tomber en deux temps, d'abord sur les genoux puis ce fut le haut de son corps qui heurta le chemin de terre, sans même s'aider de ses mains pour amoindrir sa chute. Il se mit sur le dos, releva douloureusement le buste et débanda le tissu imbibé de sang. La plaie à vif suppurait, dégageant une odeur nauséabonde. Le blessé déchira un échantillon du pansement et le tapota afin d'enlever le maximum d'exsudat. Chaque geste lui demandait un effort considérable, puisant les dernières forces qu'il lui restait. Il fit couler de l'eau sur la morsure et refit le bandage en plaquant le restant de textile propre sur la chair déchiquetée. Le jeune homme exténué regarda sa paume de main également entaillée, désolé, il n'eut pas le courage de la soigner elle aussi et bascula de nouveau, tombant à la renverse. Le soleil cognait sur l'individu gisant au sol, le mélange de sueur et de poussière perlait sur son torse. Il se saisit de sa bouteille pour en déverser tout le contenu au creux de sa bouche, faisant s'écouler une bonne partie de l'eau le long de ses joues. Rongé par l'éventualité qu'il ne parviendrait pas à rallier le lieu d'assignation, il bouillonnait mais ne craquait pas, ses larmes retenues par l'organisme déshydraté, cherchant n'importe quel moyen de survivre plus longtemps. La chaleur intense le desséchait à vue d'œil, n'ayant plus de vêtement à se mettre en couvre-chef, il tendit le bras dans une dernière contorsion éreintante, pour attraper son sac et se recouvrir le visage avec. Voilà, il ne bougeait plus, rentrant dans un stade précaire, un repos végétatif ne sollicitant aucun muscle, comptant dorénavant sur une intervention divine pour le sauver. Jusqu'à ses pensées, sa réflexion était atrophiée, Mike était conscient dans un dernier coin de sa tête, il savait que cette attitude ne lui laissait aucune chance, mais il ne voyait pas comment faire. Pour lui qui avait toujours jugé l'intelligence des gens en fonction de leur aptitude à réagir face à une situation, il n'avait aucune solution. Ses facultés étaient majoritairement inhibées par le manque d'énergie et comme dans tous cas de confusion totale, il commençait à délirer, l'esprit troublé, perdant toutes capacités d'analyse de son environnement.

*

— Holly, j'arrive… T'es avec Macho… Faut qu'on l'emmène à son cours de dressage… Holly ? Holly…

*

L'être inanimé resta ainsi un certain laps de temps sans montrer signe de vie. Des bruits de pas lourds remontant le sentier s'approchèrent de lui.

— Il est là, c'est bon on l'a en vue !

Un des soldats se mit au niveau de Mike et contrôla le psychisme du jeune homme. Avec l'aide d'un autre individu, il le releva doucement et l'installa sur un brancard.

— On l'évacue.

Mike et Holly

— Suivez-moi mademoiselle.
La jeune femme entra dans une des tentes dressées devant l'entrée du bunker.
— Asseyez-vous.
Holly était encore toute bouleversée par leur exfiltration soudaine.
— Où sommes-nous ? Qui sont nos ravisseurs ? Mon copain, il est blessé et perdu dans la nature, il faut lui porter secours !
L'homme armé défit sa veste, la mit sur le dossier de la chaise et prit place à son tour.
— Pour commencer, je tiens à vous dire que votre compagnon vient d'être secouru, il est dans un état stable cependant ses propos sont incohérents, il est déshydraté et est blessé à la jambe. Il est actuellement dans une tente médicale en observation, des médecins lui apportent les premiers soins.
— Dites-moi où il se trouve ?!
— Pour l'instant ce n'est pas possible, dès que j'aurai reçu le feu vert vous pourrez le retrouver…
La fille essuya son nez coulant ainsi que ses yeux humides.
— … je suis bien conscient que vous soyez très fatiguée et tourmentée par les événements que vous venez de vivre, mais il va falloir coopérer afin que nous menions à bien notre enquête. Nous sommes un groupe d'intervention secret commandité par l'État, spécialisé dans ce genre d'opération à risques. Nous avons neutralisé Monsieur Levinski, ainsi que ses hommes qui sont actuellement interrogés. Il semblerait être le seul vrai organisateur de ce « jeu » comme il aime

le nommer, tandis que les autres kidnappeurs ne seraient que des employés grassement payés par celui-ci.

Holly profita de cette pause au milieu du monologue pour exprimer une dernière requête :

— Auriez-vous de l'eau s'il vous plaît ? Je meurs de soif.

— Mais bien sûr.

Il décrocha son talkie-walkie de sa ceinture puis pressa un bouton avant de donner l'ordre :

— Amenez-moi un gobelet et une bouteille d'eau dans la case numéro quatre.

Il posa l'objet sur le bureau et reprit ses explications :

— Voilà comment vont se dérouler les prochaines heures. Je vais vous demander de me détailler les journées vécues avec vos ravisseurs, depuis la première prise de contact jusqu'à notre arrivée. Concentrez-vous, chaque élément peut nous être utile.

Un homme à l'accoutrement identique fit irruption avec la commission demandée, qu'il déposa devant la jeune femme. Cette dernière se remplit un verre descendu d'une seule traite et s'en servit un autre qu'elle but de moitié.

— Une fois votre déposition entièrement restituée, je vous emmènerai voir votre petit ami.

Holly raconta ainsi sa détention dans les moindres détails. Elle dut décrire le traitement subi par elle et les autres otages durant ces dix jours interminables, leur impuissance face au spectacle permanent que leur offrait l'écran géant, la perversité quotidienne de Joseph Levinski, le suicide sanglant de Véronique et l'incommensurable chagrin ressenti par ses camarades un à un, suite aux morts successives de leur proche.

*

— Je vous remercie pour votre totale collaboration et reviendrai vers vous si nous avons d'autres questions.

Il se leva et tendit sa main vers les bâches battantes de la tente.
— Nous allons maintenant pouvoir prendre des nouvelles de votre compagnon.

Elle le suivit sur plusieurs dizaines de mètres sous une pluie fine, puis il l'invita à pénétrer dans un campement semblable à celui quitté quelques secondes plus tôt, cependant beaucoup plus grand et à l'aménagement bien plus sophistiqué. À son entrée, la jeune femme marqua un court arrêt, interloquée par le mini-hôpital reconstitué sous cet abri succinct. Son regard fit le tour des lieux, se figeant au centre du bloc opératoire à la vue d'un lit surélevé. Elle devina immédiatement l'identité de son occupant et se hâta au bord métallique rehaussé.

— Mon amour comment vas-tu ? lui demanda-t-elle, émue en lui caressant la joue.

L'homme à peine éveillé, lui répondit par des mots rassurants qu'elle décela à travers son masque à oxygène. Un des médecins en blouse verte se rapprocha pour les informer :

— Tout va bien, vous êtes désormais assurément tiré d'affaire. Nous allons vous garder en observation cette nuit, vous administrer de quoi vous requinquer et récupérer suffisamment de sommeil pour l'intervention chirurgicale de demain.

Holly releva son visage soucieux vers l'individu masqué.

— Ne vous inquiétez pas il s'agit d'une intervention légère, toutefois nécessaire, afin de redonner à son mollet ses capacités et son aspect naturel. Mike va être opéré en milieu de matinée et se réveillera complètement dans l'après-midi.

L'enquêteur non loin de là ajouta :

— Et vous pourrez partir dès demain. Un avion sera apprêté dans la soirée pour vous ramener chez vous. En attendant, nous allons vous servir un repas chaud et vous préparer un couchage à l'endroit où nous nous trouvions tout à l'heure.

— J'aimerais dormir aux côtés de Mike si c'est possible.

— Il faut le laisser se reposer Holly. Je vous laisse un instant seule avec lui et vous me rejoignez ensuite.

*

Le médecin vint chercher la jeune femme trépignant d'impatience.
— C'est bon il est complètement réveillé, vous pouvez venir, ne le brusquez pas il est encore un peu sous l'effet de la morphine.
— Mike !
Elle se jeta à son cou.
— Ça va, tu n'as pas trop mal ?
— Je ne sens absolument rien…
Il parlait lentement.
— … je suis tellement heureux, je pensais ne jamais te revoir.
— C'est fini.
— Et Macho, ils l'ont retrouvé ?
La mine enjouée d'Holly disparut.
— Non, mais ils continuent de le chercher.
L'interrogateur de la veille ouvrit les bâches du bloc opératoire et fit sortir les médecins.
— Je constate que vous allez mieux Mike, c'est une très bonne chose.
Il prit un ton grave et poursuivit :
— Il faut que je vous parle…
Holly tourna légèrement la chaise qu'on lui avait mise au chevet de son compagnon, pour s'orienter vers leur interlocuteur.
— … faits extrêmement rares, nous sommes dans l'obligation de vous faire part d'éléments compromettants de cette enquête pour vous demander quelque chose…
Tous les trois se regardèrent, avant qu'il ne se reprenne :
— … une faveur si j'ose dire…
Le couple se dévisagea à son tour, se demandant bien ce que pouvait être cette requête en question.

— ... il s'avère que ce Joseph Levinski n'en est pas à son premier coup d'essai. En l'interceptant nous avons pu éclaircir pas mal de mystères restés sans réponse au cours de ces dernières décennies. En vérité, il y a plusieurs affaires...
L'orateur semblait hésiter à poursuivre ses confidences.
— ... votre kidnapping forcément, pour son jeu pervers qu'il a mis en place, employant des moyens pharaoniques, mais il est également coupable de nombreux détournements de fonds dérobés au pays, de l'orchestration d'assassinats de grands noms de notre société, la mort d'une centaine de civils va certainement lui être attribuée et j'en passe...

L'individu surplombant le convalescent allongé ainsi que sa compagne assise, prit une longue inspiration avant d'en venir aux faits.

— ... vous comprenez que dans toute cette histoire, l'État craint pour son image car il n'a pu empêcher la mort de nombreux innocents. De plus cet individu a causé énormément de torts à la Nation, c'est pourquoi j'ai reçu l'ordre venant d'en haut, de vous proposer une contrepartie en échange de votre silence, il ponctua sa phrase en mimant des guillemets avec ses doigts.

— Garder le silence à propos de quoi? questionna Mike.
— Et bien voilà, nous allons exécuter Monsieur Levinski. La peine de mort étant abolie dans notre pays et qui plus est sans aucun jugement, l'opinion publique ne pencherait pas en notre faveur. J'ose espérer que les atrocités qu'il vous a fait subir ainsi que les autres crimes qui lui sont reprochés, suffiront à vous convaincre que ce criminel ne mérite nulle autre sentence.

Holly interrogea à son tour l'inspecteur :
— Et cette contrepartie, de quoi s'agit-il?
— Deux cent mille euros. Je vous laisse prendre votre décision et reviens dans deux minutes.

Il sortit un instant, abandonnant le couple en plein doute.

— Qu'est-ce qu'on fait Mike ? lui demanda-t-elle, complètement perdue. On accepte ?

— Dois-je te rappeler que cet enfoiré nous a fait vivre l'enfer pendant près de dix jours, je ne sais pas si je retrouverai l'intégrité de ma jambe, j'ai vu mourir un ami dans mes bras et le cadavre de Macho se décompose sûrement au beau milieu de nulle part à l'heure où on parle ! Donc oui on accepte ce pognon.

— Ne t'énerve pas, tu as raison on va faire comme ça.

L'homme les rejoignit à l'intérieur, demandant quelle était leur décision.

— On prend l'argent mais avant toute chose, expliquez-moi comment vous allez convaincre les autres proches de faire pareil ? Si un seul d'entre eux parle, on va nous harceler et notre quotidien deviendra un véritable calvaire.

— Tout le monde a accepté notre proposition.

— Même Isabelle ?! s'exclama la jeune femme dubitative. Elle a perdu son être le plus cher au monde et vous allez me faire croire qu'elle se contente de deux cent mille euros pour se taire.

— Je vous assure que oui, elle est tellement rongée par la tristesse qu'elle ne veut plus se battre. Elle est abattue et souhaite seulement en finir avec tout ça.

Mike conclut :

— Très bien remettez-nous l'argent et je vous garantis que personne n'entendra parler de ce qui s'est passé ici, en tout cas ça ne viendra assurément pas de nous.

— Oui nous allons vous payer juste avant votre départ tout à l'heure, vous devrez signer un document attestant sur l'honneur votre engagement.

— Est-ce qu'il serait possible de parler à Laura s'il vous plaît ?

— Non désolé, vous ne reverrez jamais ces personnes de votre vie, c'est également stipulé dans le contrat…

Il ajouta avant de dépasser le seuil :

— ... reposez-vous bien, surtout vous Mike, votre avion décolle dans six heures.

*

— On va pouvoir y aller.

Holly et Mike furent conduits dans un gros SUV noir accompagnés par leur interlocuteur du début et d'un chauffeur qui resta silencieux durant tout le trajet. Le temps sombre et pluvieux ne permit pas au jeune couple de reconnaître les lieux, sujet resté tabou tout au long de leur sauvetage.

— Nous y sommes.

La voiture s'arrêta aux abords d'un tarmac d'aérodrome, laissant apparaître la silhouette d'un avion aux lumières vives perçant l'obscurité et semblant prêt à décoller.

— Voici votre contrat il vous est commun, dépêchez-vous de le signer nous allons vous faire monter.

Il se tourna et leur tendit une feuille unique rédigée sur le recto verso.

— Attendez, je prends le temps de tout lire moi, on ne parle pas d'acheter une baguette de pain.

La jeune femme se rapprocha de son compagnon pour étudier elle aussi attentivement le document tenu par celui-ci.

— C'est bon pour nous.

L'inspecteur leur prêta un support pour signer le papier et y mentionner leurs initiales, puis il leur donna une mallette gardée jusqu'ici à l'avant entre ses jambes.

— Voici votre argent.

Les portes du véhicule s'ouvrirent, deux individus vinrent descendre Mike installé dans un fauteuil roulant. Ils déplièrent chacun un parapluie pour escorter le couple jusqu'à leur avion. Avant de partir le garçon à mobilité réduite interpella leur accompagnateur :

— Et Macho, c'est fini je ne le reverrai plus jamais ?

— Oh vous faites bien j'allais oublier !

Il parlait fort pour rester audible à travers l'averse redoublant d'intensité.

— Nos collègues l'ont retrouvé en inspectant les alentours du site, il errait sans savoir où aller.

Leurs visages s'illuminèrent.

— Et il va bien ? Il est déjà dans l'avion lui ?

— Malheureusement il est blessé et très affaibli, sûrement dû au manque de nourriture durant ces derniers jours. Lui aussi va être soigné par nos équipes, puis il vous sera rapatrié dès qu'il sera guéri. Ne vous en faites pas.

*

Ils embarquèrent rassurés à l'annonce de cette nouvelle inespérée, eux qui croyaient avoir définitivement perdu leur chien. Cette joie fut de courte durée et la peur gagna rapidement le jeune homme qui détestait prendre l'avion.

— Hey Mike, calme-toi. Ce n'est pas ce voyage qui va t'effrayer après tout ce que tu as vécu !

Elle le serra de nouveau dans ses bras, ils avaient enfin un vrai moment d'intimité depuis leurs retrouvailles. L'engin de taille moyenne leur était entièrement réservé. En plus des pilotes, seuls deux soldats se trouvaient à l'avant de l'appareil.

— C'est totalement fou ce qu'on vient de vivre.

— Attends ce n'est pas fini ! dit-il en se cramponnant à l'accoudoir au passage d'une petite zone de turbulences.

— Je suis tellement contente de te retrouver.

Elle le prit encore dans ses bras.

— Il va falloir que tu me racontes tout ce qui t'est arrivé, je n'avais pas d'écran géant moi.

— Ce n'est pas aussi terrible que toi forcément, malgré cela nous avons aussi traversé plusieurs moments très compliqués, notamment le suicide de Véronique devant tout le monde.

— C'était qui elle déjà ?

— La mère de Steven, celui qui a été empoisonné...

Il la coupa :

— Oui bah merci j'étais avec lui à ce moment.

— Je sais ouh là là, il va falloir que tu te reposes mon cher, tu es sur les nerfs.

— Excuse-moi mais bon, ça a été vraiment horrible cette aventure...

Elle hocha la tête, acquiesçant ses propos.

— ... tu te rends compte Holly, sept personnes sont mortes, huit en comptant la femme avec toi. Le pire c'est que je suis un meurtrier, j'ai tué de sang-froid ce pauvre type.

Il se pencha en avant et se prit le visage. Sa compagne lui mit une main sur l'épaule.

— Tu sais Mike, on a tous assisté à cette scène d'une violence extrême, malgré tout tu étais obligé. Tu n'avais pas d'autres choix, il était déterminé, le dialogue était impossible et il t'aurait réservé le même sort. Ce pervers vous a conditionnés de façon à ce que vous vous entretuiez, c'était le but.

Il la remercia par un léger sourire avant de l'interroger :

— Du coup, à ton avis où étions-nous ? finit-il en s'agrippant sur les côtés de son siège. Vivement qu'on soit arrivé !

— Je n'en sais absolument rien, le groupe d'intervention n'a pas voulu m'en dire davantage. Pour ma part, lorsque nous avons été secourus, j'ai vu que nous étions ressortis d'un immense bunker aménagé dans une colline. J'ai simplement réussi à intercepter une information, c'est que vous, vous étiez à une centaine de kilomètres de nous. Tu ne peux pas imaginer tous les angles de vue qu'on avait pour suivre vos mouvements.

— Si j'imagine, avec toutes ces caméras disposées un peu partout sur notre parcours…

Ils discutèrent ainsi durant les huit heures de vol qui suivirent. Ce qu'ils venaient de traverser les marquera pour le restant de leurs jours. Holly et Mike se doutaient bien que ce ne serait pas évident les premières semaines, qu'il faudrait du temps pour reprendre un quotidien normal, mais la somme perçue et de savoir Macho en vie, compensaient en partie cette épreuve. Ils commençaient seulement à mesurer pleinement la chance d'avoir survécu à cette aventure.

*

Le taxi les déposa devant leur domicile. Ils le remercièrent et avancèrent jusqu'à la porte d'entrée. Tous deux furent pris d'une émotion bizarre. Mike, un sac-poubelle à la main renfermant les maigres affaires qu'il lui restait, cherchait du réconfort.

— Ça y est, c'est bien fini ?

Holly l'embrassa tendrement.

— Oui pour de bon.

Elle chercha les clés au fond de sa poche de jean, puis les glissa dans la serrure. L'endroit était plongé dans l'obscurité et une légère odeur de renfermé flottait dans l'atmosphère.

— Attends je vais ouvrir les fenêtres.

Il s'adonna à la tâche.

— Mike.

La lumière gagnait la pièce, au fur et à mesure que les volets électriques montaient.

— Mike regarde.

Le jeune homme pressa le dernier bouton et se retourna vers sa petite amie.

— Qu'y a-t-il ?

Il n'obtint pas de réponse de vive voix mais comprit de suite la raison de ces appels.

— Tu penses à ce que je pense ?
— Ce n'est pas possible, il a été arrêté, de plus on ne peut pas s'introduire comme ça chez les gens.
— Holly voyons, tu as vu de quoi Levinski était capable, tu imagines bien que s'introduire par effraction chez quelqu'un est la dernière de ses gênes ! Et puis, j'avais déjà été proclamé grand vainqueur lorsque les forces spéciales sont intervenues.

Ils s'approchèrent en même temps de l'objet. Une grande mallette couleur argent avait été déposée sur la table de cuisine. Mike la souleva par la poignée avec précaution, à en juger le poids il n'eut plus beaucoup de doutes quant à son contenu.

— Elle ne présente aucune indication, dit-il en la retournant dans tous les sens.
— Vas-y ouvre-la ! s'impatienta sa petite amie.

Il explosa de rire.

— Tu n'es pas obligée de chuchoter tu sais.
— Il a peut-être mis des caméras dans notre maison va savoir.

Il prit un air solennel, déclipsa les deux fermoirs en métal et leva lentement la partie supérieure de la valise. Les deux amoureux échangèrent un bref regard qui en disait long, avant de replonger les yeux dans la profusion de billets.

Deux ans plus tard

Comme cinq matins sur sept de la semaine, Mike rentra de sa séance de musculation sur les coups de neuf heures et demie.
— Tu es encore là, tu ne vas pas au bureau aujourd'hui ?
Il s'essuyait vigoureusement le visage encore en sueur avec sa serviette.
— Je te l'ai dit hier soir, je peux faire mon travail à distance pour ce projet.
— Ça marche je me dépêche de prendre ma douche moi et je file à l'agence.
Le jeune entrepreneur se lava et enfila une nouvelle tenue, pro mais décontractée, en un peu moins de dix minutes.
— Bonne journée mon cœur !
Il l'embrassa rapidement sur le front, attrapa ses clés de voiture, allait partir lorsqu'il fit subitement demi-tour.
— Ça creuse le sport !
Il subtilisa un croissant dans le petit sac en papier partiellement déchiré, posé à côté de l'ordinateur portable d'Holly.
— Hey ! Au fait tu n'oublies pas, nous avons ma sœur et ton beau-frère à manger ce soir.
Elle supputa comprendre un « oui » avec la bouche pleine de la part de son conjoint.

*

La journée passa à une vitesse affolante pour le couple, Mike fit un effort pour rentrer plus tôt, aider aux préparatifs et surtout profiter davantage de la soirée. Le repas fut simple mais de qualité, les hôtes ainsi que leurs convives passèrent une agréable soirée et ces derniers repartirent aux alentours de vingt-trois heures.
— Ah!
La jeune femme s'écroula sur le sofa.
— Je suis crevée.
Elle observait sa grande pièce la tête en bas.
— Est-ce qu'on a bien fait de prendre un sept/huit places, c'est grand non?
— Tu as vu la taille du salon, ça aurait été ridicule un canapé pour deux personnes.
— C'était sympa, ça faisait longtemps qu'on ne les avait pas vus.
— Oui mais bon je ne sais pas pourquoi ils sont partis si tôt, on aurait pu faire une belote ou un palet.
Il se resservit un fond de calvados.
— Tu en veux?
— Non merci, répondit-elle en se remettant à l'endroit avant d'enchaîner. Tu n'en as jamais assez, on est en semaine et ils travaillent demain.
— Parce que je vais au club de Scrabble moi peut-être?
Il prit une gorgée, se renfonça jusqu'au fond de la banquette et ferma les yeux, savourant son breuvage.
— Avec ces journées de dingue, je ne prends même plus le temps de feuilleter la pub.
Holly prit le tas de prospectus sous la table basse de salon.
— Tiens c'est pour toi.
Son compagnon ouvrit les yeux, se saisissant des deux lettres qu'elle lui tendait.
— Décidément tu as des loisirs bien étranges… lui dit-il en souriant.

— Oui je conçois, c'est juste que j'ai l'impression de prendre une minute pour moi.
— Roh putain, encore un PV.
Le garçon termina son reste de digestif et prit quelques instants pour décrypter la contravention.
— C'est encore leur satané radar embarqué !
— Il va falloir faire attention sinon tu vas avoir le droit à un stage, ricana-t-elle.
Il rentra la référence de l'appareil sur internet et lui montra son écran de smartphone.
— Regarde c'est une société privée en plus… Je m'en fous presque des points c'est le pognon surtout, c'est vraiment jeter l'argent par les fenêtres !
— Bon et celle-ci, c'est quoi ?
Il jeta le procès-verbal par terre et s'intéressa au second courrier.
— Encore une amende ?
— Mais non tu vois bien que ce n'est pas présenté de la même façon.
L'enveloppe ne mentionnait que le nom et prénom du concerné, elle n'arborait ni timbre ni adresse. Il déchira délicatement le haut du papier et en sortit une feuille comportant une seule inscription en son centre. Les jeunes gens se figèrent à la lecture des quelques mots.
— Ça recommence.
— Ce n'est pas possible.
Mike s'assura qu'il n'y avait rien de marqué au verso et posa le document sur le meuble devant lui. Il y était mentionné en lettres grasses dactylographiées « Rendez-vous le 2 septembre, à 6h00 précises, sur le trottoir en face de votre maison ».
— On l'a reçue aujourd'hui ?
Holly l'air inquiet, répondit par un simple hochement de tête.
— C'est la semaine prochaine le 2 ?
— Tu ne vas pas y aller ?

— C'est dans six jours c'est ça ? l'interrogea-t-il à nouveau.
— Oh tu me réponds, tu ne vas pas t'y pointer ?

*

Comme il y a deux ans de cela, les jours suivants furent des plus énigmatiques pour le couple. Que voulait dire cette nouvelle convocation alors que Joseph Levinski était mort ? Était-ce une invitation pour un jeu tout aussi sadique ? Les conjoints craignaient autant l'un que l'autre ce qui les attendait, cependant le jeune homme semblait plus impatient, il comptait bien régler ses comptes définitivement.

*

— Tu es sûr de vouloir y aller tout seul ?
Elle lui remit correctement son col de chemise comme le ferait une mère à son enfant.
— Mais oui, le courrier m'était destiné, il ne comportait que mon nom.
— Tu me promets que tu ne grimpes nulle part !
— Holly je ressemble à un aventurier ?
Le garçon haussa les bras pour qu'elle le contemple.
— Je suis en chaussures de ville. Je veux simplement leur dire de nous laisser tranquilles une bonne fois pour toutes, puis je m'en irai comme tous les jours au travail…
Il referma la fermeture de sa veste jusqu'en haut et attrapa sa sacoche de boulot.
— … allez embrasse-moi j'y vais. Il ne va rien m'arriver. Tu peux regarder par la fenêtre, enferme-toi à clés et crie-moi à l'aide si quelqu'un tente quelque chose auprès de la maison, on ne sait jamais.
Elle l'observa s'éloigner en refermant la porte d'entrée.
— J'aurais dû m'écouter et prévenir la police.

Mike rejoignit rapidement le lieu de rendez-vous, posa son sac à bandoulière par terre entre ses jambes et mit les mains dans ses poches.

— Je me les pèle, il fait frisquet pour un début septembre.

Il resta un moment comme ça, regardant alternativement à gauche puis à droite, pour repérer de loin celui ou ceux qui devaient venir à sa rencontre. Le jeune homme s'impatientait, pressé de clore à jamais ce cauchemar ressurgissant du passé.

— 6 h 03, lut-il à sa montre.

Il remit les mains au chaud.

— Mais qu'est-ce qu'ils foutent ?

Il aperçut sa femme au carreau et lui fit signe qu'il ne comprenait pas ce retard. Mike attendit ainsi près de quarante minutes, plusieurs voitures passèrent devant lui sans s'arrêter. Personne ne vint le chercher.

*

— Je t'en supplie calme-toi.

— Mais putain pourquoi personne n'est venu ?!

Il lança sa sacoche sur le tapis, ouvrit le placard et se servit un grand verre d'eau au robinet.

— C'est presque aussi bien franchement, au moins on n'entendra plus parler d'eux, ils ont sûrement renoncé à te solliciter une deuxième fois. Tu voulais quoi ? Tu n'espérais tout de même pas participer à une autre aventure ?! Tu peux me le dire maintenant, j'ai vraiment l'impression qu'au fond de toi c'est ce que tu voulais, que finalement, ça te manque depuis que tu en es revenu vainqueur !

— Mais tu ne peux pas savoir toi ! Ça fait deux ans que je suis dans l'incompréhension totale ! Deux ans que je ne sais absolument rien de mon ravisseur, des raisons pour lesquelles j'ai été choisi, aucune explication à cette histoire de fou ! J'avais besoin de comprendre Holly, j'ai besoin de comprendre...

Il s'assit sur une chaise, le bras accoudé à la table en retenant son visage.
— Je croyais tellement obtenir mes réponses ce matin, finit-il, craquant complètement et fondant en larmes.

*

C'est le moral à zéro que Mike partit tard dans la matinée à sa journée de travail. Il s'efforça de ne plus y penser, la conversation ne revint pas durant la soirée, ni le lendemain.
— Tu te rappelles que je vais dîner chez mon ancienne collègue ce soir ?
— Oui je m'en souviens.
Il vida les restes de son assiette dans une gamelle en plastique.
— Macho au pied !
L'animal comprit immédiatement ce qui l'attendait et vint jusqu'à son maître, qui le gratifia de caresses sur le dos.
— C'est bien, tu as vu on ne voit presque plus ses cicatrices, fit-il remarquer en écartant les touffes de poils au cou du chien.
— Tu es certain de ne pas vouloir inviter un pote ou aller passer la soirée chez ton frère, tu vas t'ennuyer tout seul ?
— Certain, j'ai fait exprès de ne pas aller au sport ce matin pour m'y rendre ce soir, ça m'occupera une partie de la soirée et en rentrant je m'arrêterai prendre une pizza.
— Comme tu voudras, il reste des glaces dans le congélo si tu en as envie.

*

Mike gara sa voiture juste devant la salle qui, passé vingt et une heures en semaine, est presque vide. Il bipa sa carte d'adhérent pour déverrouiller la porte, effectivement, seulement deux amies y faisaient du vélo elliptique côte à côte, se racontant les anecdotes croustillantes de leur journée. Comme à l'accoutumée, le jeune homme déjà en tenue rangea son sac dans un des casiers qu'il cadenassa, puis retourna près des machines pour effectuer ses premiers échauffements. Il se retrouva rapidement seul et put mettre sa propre musique sur la chaine-hifi, se lançant pleinement dans sa séance habituelle du mercredi, c'est-à-dire le renforcement des jambes. Il s'adonna ainsi pendant une heure quinze à divers exercices de presse à cuisses, squats et autres mouvements sollicitant le bas du corps. À la fin de son entraînement, il profita d'une longue et réconfortante douche bien chaude, se rhabilla avant de regagner le parking. Il allait rentrer dans son véhicule, lorsqu'il remarqua une deuxième voiture éclairée par l'unique lampadaire des lieux. Celle-ci l'intriguait fortement, car elle lui avait subitement rappelé celle empruntée pour rejoindre l'avion deux ans auparavant, un genre de modèle peu fréquent dans cette région. Une des vitres teintées s'abaissa et le conducteur l'invita à s'approcher, ce qu'il fit en restant méfiant.

— Monsieur, excusez-moi vous savez...

La porte arrière s'ouvrit brutalement, effrayant le jeune homme qui tomba lourdement, se releva et se mit aussitôt à courir.

— Mike, Mike attends c'est moi !

Ce dernier allait grimper dans sa voiture lorsqu'il reconnut l'individu sortant du gros SUV noir.

— Inspecteur, c'est vous mais vous êtes malade j'ai failli faire une attaque, j'aurais pu aussi me casser le bras.

Le garçon frottait son coude douloureux suite à la chute.

— Désolé je devais t'aborder en toute discrétion, j'ai à te parler.

— Je n'ai plus rien à dire moi, laissez-moi tranquille avec toute cette histoire.

— J'aimerais, j'aimerais vraiment, ce n'est malheureusement pas possible, tu vas comprendre pourquoi. Allez monte, ne t'inquiète pas nous n'allons pas te reprendre ton argent.

Il termina sa phrase en rigolant, l'incitant d'un geste de la main à venir s'asseoir à côté de lui.

*

— Où allons-nous au juste ?

Le chauffeur roulait depuis trente-cinq minutes, tandis que les causes de cette apparition soudaine restaient floues pour son nouveau passager.

— Je ne peux pas te le dire pour l'instant, ça ne sera bientôt plus un secret, tu vas te rendre compte que nous n'habitons pas si loin l'un de l'autre.

— Je ne comprends absolument pas en quoi vous avez encore besoin de moi.

— Maintenant que les choses se sont calmées et que nous avons agréablement constaté que tout le monde a respecté le contrat en gardant le silence sur ce qui s'était passé, il est temps que tu connaisses la vérité.

— Comment ça la vérité ?

Le véhicule s'engagea dans une allée bordée par d'impressionnants platanes centenaires formant une arche naturelle donnant sur une cour gravillonnée.

— Je conçois que l'endroit peut paraître lugubre à cette heure-ci, il est bien plus charmant à la lumière du jour.

Les deux hommes descendirent de la voiture.

— Vous, attendez ici et ramenez Monsieur à son véhicule lorsque nous aurons fini de discuter.

L'employé silencieux se contenta de couper le moteur.

— Je t'en prie Mike, suis-moi.

Ce dernier releva la tête pour contempler l'impressionnante demeure. Il s'agissait d'un manoir semblant dater du quinzième ou seizième siècle, à la façade ornée de pierres aux multiples nuances de gris, présentant une symétrie exacte, simplement rompue par une tourelle située dans l'axe de la partie droite de l'édifice, à la toiture entièrement constituée d'ardoises bleutées. Ils y pénétrèrent en empruntant les quelques marches en entonnoir donnant sur la double porte en bois du bâtiment.

— Nous allons nous poser dans le grand salon de réception.

L'invité suivit son hôte, bien curieux de comprendre ce qui lui paraissait être une étrange mise en scène. Le couloir déboucha sur une pièce carrée, parquée de chêne clair, aux murs rose pâle voire couleur délavée, avec en son cœur trois fauteuils de style Louis XV, entourant une table basse de la même époque et ponctuée par un magnifique foyer en granit contenant un flamboyant feu de cheminée. L'inspecteur se dirigea dans un des coins de la salle, vers ce qui s'apparenta rapidement à un mini-bar dissimulé dans un globe terrestre. L'objet qui s'ouvrit d'une demi-sphère interpella le jeune homme.

— Toi aussi tu aimes les beaux meubles anciens, tu es une personne ayant du goût Mike, assurément ! déclara-t-il en sortant une bouteille cubique en cristal.

— Qui êtes-vous réellement ?

— Je n'ai plus de whisky, mais il s'agit là d'un très bon cognac, je t'en sers un ?

Il alla chercher deux verres dans la partie haute d'un meuble vitré. L'autre individu se déplaçait lentement en le suivant du regard de façon à maintenir la distance entre eux.

— Je m'appelle Pierre Levinski.

— Pourquoi vous m'avez conduit jusqu'ici ? Laissez-moi partir ! demanda-t-il une énième fois, commençant à paniquer et s'apprêtant à quitter les lieux.

— Attends ! Je ne te veux aucun mal, tu penses bien que si j'avais voulu t'en faire ce serait fait depuis longtemps.

— Viens t'asseoir près du feu avec moi.

Il posa les deux cognacs sur la table, son interlocuteur vint s'asseoir en face de lui, laissant un siège les séparer.

— À nos retrouvailles !

Le quadragénaire trinqua avec l'autre verre avant même que Mike ne s'en soit emparé.

— Vous êtes le frère de Joseph Levinski c'est ça ? Mais alors, vous n'êtes pas membre d'une unité spéciale si je comprends tout.

— Bien joué je n'en fais pas partie, d'ailleurs personne n'en faisait partie, je vais t'expliquer.

Il prit une gorgée et reprit :

— Qu'est-ce qu'il est bon ! Vas-y goûte, l'incita-t-il avant de pincer ses joues pour deviner plus précisément les délicates notes boisées de l'alcool. Je le fais venir par le biais d'un très bon ami à moi, un fin connaisseur. Joseph n'est pas mon frère, il s'agit de mon vénérable père...

Interloqué, son vis-à-vis but à son tour.

— ... il est bon hein ! L'histoire que je vais te raconter débute en l'an mille cinq cent trente-deux.

L'homme se leva et pointa du doigt le bloc minéral dominant les flammes.

— Est-ce que tu reconnais ce symbole Mike ?

— Oui je pense savoir où je l'ai vu pour la première fois.

— Exact, lors des vidéos visionnées dans le car, vous présentant l'ensemble des participants au jeu. Ce sont les armoiries de ma famille. Ici, les couleurs ont disparu avec le temps, normalement le contour est noir, ces deux parties sont jaunes et celles-ci sont bleues. Tu es un garçon lucide, tu t'aperçois comme moi que la société change, pas seulement en bien et mes ancêtres s'en étaient déjà rendu compte tout comme nous il y a cinq cents ans de cela. Nous avons depuis aussi lointain que remontent mes recherches, toujours fait partie de la haute bourgeoisie de notre nation. En constatant le déclin éthique et sociétal en contradiction avec les avancées techniques et scientifiques, mon arrière arrière arrière..., bref tu m'as compris. Mon aïeule d'il y a seize générations, a décidé de créer une sorte de confrérie familiale, constituée des individus de même sang et d'amis proches aisés financièrement, mais également intellectuellement.

— Une sorte d'élite de la société.

— Tout à fait.

Son hôte prit la carafe et resservit les récipients vides.

— J'envoie juste un message à Holly, ça fait un moment que je ne lui ai pas donné de nouvelles, elle va finir par s'inquiéter.

— Bien sûr... Le but de cette femme en avance sur son temps, était de conserver un mode de vie, des traditions et une philosophie visiblement menacés par ces changements de mœurs à l'aube d'une soi-disant aire moderne...

Il but un peu de son verre pour hydrater sa gorge sèche.

— ... cela peut paraître inutile ou absurde pour l'époque, cependant l'idée de cette chère Anne Levinski a sans doute sauvé une fierté d'appartenance à un patrimoine, une histoire et surtout une morale au travers des siècles. J'en reviens à ce blason pour que tu comprennes, elle devait à tout prix personnifier ce clan pour qu'il se perpétue selon la vision qu'elle s'en était faite, la jeune femme a donc inventé cet ensemble héraldique. La couleur or ici renvoie évidemment à la richesse du clan, sa noblesse ainsi qu'à l'intelligence de ses membres, le bleu fait écho quant à lui à la fidélité et la loyauté, leurs valeurs maîtresses. La date dans le bandeau ci-dessous, tu l'auras deviné correspond à l'année de création.

— Et pourquoi y a-t-il un félin en bas à gauche ?

— Tu vas rire, c'est un chat !

Pierre fut déçu de n'obtenir aucun sourire de la part de son invité.

— D'après les écrits encore en notre possession, elle accordait une incroyable fascination pour une espèce de chat. On ne sait pas exactement à quelle race il appartenait, c'était un minou de taille moyenne, à la robe bleu gris, avec des yeux souvent verts et un sacré caractère. Voilà comment il est décrit dans les manuscrits, ses origines sont encore floues aujourd'hui, on ignore si c'est un chat Bleu Russe ou un cousin du Chartreux et s'il vient d'Europe de l'Est, de Scandinavie ou des abords de la Méditerranée. Cela étant dit, c'est l'explication de sa présence sur nos armoiries et de là que viennent les demi-pattes soutenant l'écu de part et d'autre. Voilà tu connais presque toute l'histoire de notre famille! finit-il en s'appuyant contre la cheminée, pliant une jambe et continuant son cognac en regardant Mike contemplatif.

— D'accord et alors? Je ne comprends toujours pas la raison de ma présence ici.

— J'allais y venir, dit-il en se redressant. Une de nos plus anciennes traditions, début dix-septième je crois, consiste à organiser un jeu regroupant des concurrents sélectionnés par le président du moment si j'ose dire, ayant pour objectif premier de réunir tous les adhérents du clan et fêter dignement son existence...

Il ajouta un peu confus:

— ... c'est également l'occasion de nous divertir dans une société en déperdition.

— Et j'étais l'une de vos bêtes de foire de la dernière édition.

— C'est une façon de concevoir les choses... Tu sais, la confrérie va mal, les temps sont compliqués et pour être tout à fait honnête avec toi, il n'y a actuellement que mon père et moi qui en faisons partie, je ne compte pas nos quelques amis qui se disent membres que lorsque cela présente un intérêt.

— Joseph Levinski n'est pas mort?

— Non Mike, tout cela était une supercherie, sa prétendue exécution également, je pensais que tu avais compris. Cependant, Père est malade, je crains pour les semaines et mois à venir, il est actuellement en soin à l'hôpital de la ville, son retour dans la demeure est prévu pour la semaine prochaine.

— Et sur quels critères ai-je été choisi pour votre excursion en pleine nature?

— Cet événement a lieu tous les vingt ans, ce devait être papa l'organisateur mais j'ai insisté pour le remplacer dans ce rôle. Je n'ai pas toujours été à la hauteur en tant que fils unique, je voulais me faire pardonner et montrer ma gratitude en lui organisant un divertissement d'une qualité incroyable !

Pierre Levinski remit une bûche dans le feu, puis il reprit en se frottant les mains :

— Je me suis fait un peu réprimander lorsque papa a découvert le budget réquisitionné pour l'occasion... C'est moi qui ai imaginé toutes les épreuves, obstacles ainsi que l'ensemble des moyens à déployer pour rendre l'aventure des plus palpitantes ! J'ai demandé une seule requête à Joseph, il devait choisir quatre participants et moi je devais trouver l'autre moitié. Il n'a pas réussi à remplir sa part du marché, ce qui m'a donné l'idée de faire intervenir Sony. De mon côté, il ne me restait plus qu'un compétiteur à débusquer quand je suis tombé sur toi. Tu ne vas jamais y croire, je passais par hasard dans ton quartier et je t'ai croisé à la boulangerie. Je faisais la queue comme toi, une personne nous séparait et ce fut à ton tour. Tu te souviens c'était un midi ?

— Je prends souvent mon déjeuner à la boulangerie...

— Tu demandas poliment un sandwich, une canette ainsi qu'une pâtisserie et réclamas une formule étudiante. La commerçante te rit au nez, assurant trop précipitamment que tu étais bien trop âgé pour être encore à l'école. C'est vrai que tu fais plus vieux que ton âge, mais qu'est-ce qu'elle en savait, après tout des gens de cinquante ans reprennent leurs études de nos jours ! En réalité elle n'avait pas tout à fait tort, tu n'étais plus aux études depuis presque deux ans. Vexé, tu ne t'es pas dégonflé et as sorti brusquement la carte de scolarité de ton portefeuille pour lui pointer brièvement sous les yeux, tout en t'offusquant devant les autres clients patientant derrière toi. Très gênée, la vendeuse s'excusa, allant jusqu'à t'offrir le dessert. Je fus à coup sûr le seul à remarquer la péremption du badge que tu lui avais présenté. En observant la scène, j'ai adoré l'excellence de ton jeu d'acteur et pour ainsi dire de modeste voleur, arrivant à s'adapter à son environnement pour combler son avarice.

— Un euro c'est un euro, ce n'est pas à vous que je vais apprendre ça.
— Tu as tout à fait raison, mais te rappelles-tu Mike ce que tu as fait ensuite ?
— Je crois oui, allez-y.
— Lorsque je suis sorti de la boulangerie, je t'ai vu de l'autre côté de la rue, parler avec un sans-abri et lui donner ce fameux euro que tu as économisé.
— À vrai dire il s'agissait simplement de cinquante centimes…
— On s'en fout ! Tu t'es énervé suffisamment pour obtenir gain de cause, en faisant néanmoins attention de ne pas ameuter tout le quartier pour ne pas humilier la jeune femme, puis tu as fait preuve d'une extrême générosité.
— Encore une fois, ce n'était que cinquante centimes…
— Oui mais quand on connaît un peu le personnage, qui prône le travail intensif et par-dessus tout le mérite, c'était un grand geste de ta part. Ajouté à ta ruse et ton physique de sportif il faut bien le dire, propice aux épreuves que j'avais concoctées, ce fut une évidence, c'est à cet instant précis que je t'ai choisi comme huitième participant !
Il reprit la bouteille, enjoué par ses propres explications.
— Non merci, fit Mike en mettant sa main pour couvrir le verre.
— Allons tu ne prends pas le volant dans la demi-heure, c'est Edgar qui te ramène, insista-t-il sans obtenir satisfaction. Et j'ai bien fait ! Je tiens à te signaler que tu étais mon favori, ponctua-t-il en prenant son troisième cognac cul sec. Gary était celui de papa. Il est bon joueur ne t'inquiète pas, il ne t'en veut pas d'avoir défoncé son poulain.
— Ça ne me fait pas rire. Ok et donc venez-en aux faits !
Le jeune homme se leva bien décidé à écourter leur soirée narrative.
— En plus des motivations légitimant les éditions précédentes…
Pierre reprit son air solennel.

— ... je souhaitais par le biais de mon jeu, dénicher la personne regroupant l'ensemble des qualités requises pour diriger d'une main de fer notre clan...

Il regarda un instant le fond vide de son verre en cristal.

— ... quelques jours avant le début de l'aventure, nous avons appris que Père était gravement malade et qu'il ne lui restait plus beaucoup de temps à vivre...

Son invité se rassit presque attendri par ces aveux.

— ... de plus, j'ai découvert ma stérilité il y a maintenant un peu plus de quatre ans. Les Levinski n'auront assurément plus de descendance, cependant la confrérie fondée par Anne doit se perpétuer et je t'ai choisi pour la guider, tu vas lui redonner sa grandeur d'antan, j'en suis certain ! ponctua-t-il sa phrase par un large sourire.

— C'est hors de question ! s'offusqua l'élu tout juste prononcé. Vous pensiez quoi, que j'allais accepter gracieusement et vous dire « chouette, je vais régner sur une secte et organiser une petite fête mortuaire tous les vingt ans » ?! Je m'en vais, cette mascarade a assez duré.

Il se leva à nouveau pressant le pas lorsqu'il s'arrêta net à ces mots :

— Tu n'as pas le choix en fait.

— Ce n'était pas mentionné dans le contrat que je devais reprendre la couronne !

— Ta morale te l'oblige Mike. N'oublie pas que nous avons changé ta vie. Grâce à nous, tu t'es acheté une belle maison, tu as monté ton entreprise, Holly a pu également se mettre à son compte, tu as organisé un somptueux mariage et je sais que vous attendez un heureux événement. Tu nous dois beaucoup, je suis certain que tu es reconnaissant.

— Et si je refuse ?

— Je vais te laisser suffisamment de temps pour en parler avec ta femme...

Il cogita un instant.

— ... dans dix jours, je passerai te chercher à ton bureau, nous serons le douze, sachant que tu termines plus tôt en général le vendredi, ça ne posera aucun souci. Père sera parmi nous, il te donnera d'autres arguments pour te convaincre. Je m'aperçois à regret que tu es pressé, tu peux donc t'en aller, mon chauffeur va te ramener à la salle de sport. Referme convenablement la porte derrière toi.

L'hôte se leva pour se verser le restant de la bouteille, avant de s'affaler dans le plus confortable des fauteuils.

— Bonne fin de soirée Mike.

SAMEDI MATIN

Les dernières gouttes de café s'écoulèrent par la buse à double sortie de la machine à grains dernier cri. Mike apporta les tasses et vint s'asseoir à côté de sa femme.

— Alors que vas-tu faire ? lui demanda-t-elle en soufflant sur la boisson fumante qu'elle tenait à deux mains.

— Je ne sais pas Holly, mais il faut mettre un terme à tout ça.

Il observa un instant le liquide noir tourner, comme s'il essayait d'en déchiffrer la réponse à tous ses problèmes.

— Si tu avais été là, j'étais sans voix, il donnait tellement d'informations concernant notre intimité. Il en connaît les moindres détails, le jour de notre mariage, comment est agencée notre nouvelle maison, qui on reçoit le week-end… Pendant tout ce temps, ils n'ont jamais cessé de nous espionner.

— Nous avons donc perdu notre tranquillité pour toujours, notre quotidien va changer radicalement ! Je ne sais pas ce que tu en penses, personnellement je ne serai plus jamais sereine, même simplement pour marcher dans la rue, sachant ma vie épiée de fond en comble.

— C'est exactement ça, ils ne nous lâcheront pas tant que je n'aurai pas repris leur affaire.

La conversation finit sur ces paroles ne les faisant pas plus avancer quant à leurs tourments. Chacun s'affaira à ses occupations, en constante réflexion pour tenter de trouver la solution au piège se refermant sur eux. Contre son gré, Mike se voyait dans l'obligation d'accepter cet héritage quelque peu déconcertant.

*

— Tu pars ?
Elle arrêta le bruit incommodant de l'aspirateur sans fil. Son conjoint clipsait une à une les pressions de son manteau. Il était d'un calme étonnant aux yeux de la jeune femme.
— Je m'en vais voir Hugo, l'informa-t-il en souriant.
— Bien que ce soit ton meilleur ami et qu'il demeure la seule personne au courant de ce qui nous est arrivé, je ne suis pas sûre que ce soit une bonne idée de le mettre dans la confidence cette fois-ci. Même pour lui demander son avis.
— Oh mais je ne compte pas lui en parler, je vais simplement le voir pour me changer les esprits, je vais en profiter pour lui emmener Macho. Ça fait longtemps qu'il ne l'a pas vu, un petit contrôle de santé ne peut pas lui faire de mal.
Il sortit la laisse de sa poche, appelant son chien au pied.
— C'est rare qu'il opère le samedi, il est souvent dans son bureau à faire de la paperasse, je ne le dérangerai pas.

Vendredi 12

On frappa à son bureau.
— Entrez.
La porte s'ouvrit, un des techniciens de la société apparut.
— Désolé de vous déranger, un homme demande à vous voir il est devant l'entreprise, il dit avoir rendez-vous.
— Oui c'était prévu, je vous remercie.
Il rangeait ses papiers dans son trieur et ajouta :
— Luc, vous terminez de nettoyer, puis vous fermerez bien les locaux.
— Sans faute, bon week-end patron.
— Merci à vous aussi.
Mike remarqua tout de suite le fils Levinski l'attendant patiemment dans sa voiture, une citadine bien plus modeste que le SUV auquel il l'avait habitué jusqu'ici.
— Bonjour Pierre, salua-t-il en refermant la portière avant de boucler sa ceinture.
— Salut, comment vas-tu ?
— Bien ma foi, c'est une belle journée pour rencontrer ton père.
— Ah je suis content, on a l'air de deux vieux amis d'enfance qui se retrouvent pour aller boire une bière après la semaine. Joseph a hâte de te rencontrer. Pour de vrai je veux dire, après avoir contemplé tes exploits à l'écran. Tu fais quoi là ?
— J'envoie juste un message à Holly pour la prévenir d'aller au sport sans moi.

Ils partirent ainsi, le ciel dégagé en cette agréable fin d'été, ne laissant plus beaucoup de doutes quant à la décision prise par Mike, semblant résolu à accepter son destin.

— Tu peux me passer mes lunettes de soleil s'il te plaît ? Elles sont dans la boîte à gants.

Le passager s'exécuta.

— On va avoir une arrière-saison magnifique, c'est certain.

Le chauffeur se tourna brièvement vers le jeune homme, celui-ci acquiesça sa remarque par un simple hochement de tête.

— Pour être honnête avec toi je suis rassuré, nous nous étions quittés sur un froid qui m'avait laissé dans un inconfort total, tandis que là, je te retrouve avec une mine joviale et j'en suis ravi. On va devoir travailler main dans la main pour redonner toute sa splendeur à la confrérie. Oui, on va former une bonne équipe.

— Effectivement j'ai bien réfléchi…

Il se reprit :

— … nous avons bien réfléchi, je dois m'employer à bras-le-corps dans cet ouvrage, tu connais bien mon amour de la patrie et je crois avoir compris le sens de tout cela. Anne était précurseur dans ce domaine, elle savait que notre civilisation connaîtrait un tournant dans son histoire et que ce clan serait le seul moyen de conserver les vestiges d'un mode de vie sur le point de disparaître.

— Tu me ferais chialer tellement c'est beau ce que tu dis.

Mike regarda par deux fois le cadran de sa montre en un laps de temps réduit.

— Pierre, tu pourrais prendre la prochaine à droite. C'est un peu gênant mais j'ai très envie de faire pipi.

— Ça peut sûrement attendre, on arrive bientôt.

— Non je t'assure, je ne peux pas pisser en plein centre-ville. C'est un petit détour de rien du tout, on se rallonge de trois quatre kilomètres pour passer par la campagne, tu pourras ainsi m'arrêter trente secondes sur le bord de la route.

— Ok.

Il déclencha son clignotant à droite.

— Tu me feras part de ton ressenti, Joseph semble aller mieux, je ne veux pas me porter malheur mais je croise les doigts, il est tellement coriace le vieux qu'il pourrait déjouer tous les pronostics des médecins, affirma-t-il en riant tout seul.

— C'est compliqué de te donner un avis, je ne l'ai jamais vu moi.

— J'ai peur que ma vision soit biaisée par ma naïveté et donc manquer d'objectivité. Il faudra simplement me dire comment tu le trouves pour un homme de soixante-dix-neuf ans.

Le passager observa une énième fois sa montre, comme s'il respectait un certain timing. La voiture dépassa un bosquet, roulant en ligne droite sur une route de rase campagne peu fréquentée.

— Tiens là! fit-il en pointant l'accotement du doigt. Fais-moi descendre ici, je n'en peux vraiment plus.

Mike descendit de la voiture, enjamba le fossé et s'avança légèrement dans un champ enherbé à basse hauteur. De dos, néanmoins toujours visible par le conducteur stationné sur le bas-côté, il déboutonna son pantalon et fit mine d'uriner. Jugeant la scène anodine, son chauffeur cessa de l'observer et alluma la radio. L'homme dehors s'attardait, il fixa une dernière fois sa montre.

— Qu'est-ce qu'il fout? se dit-il en chuchotant.

Ravi, il aperçut dans son angle mort l'invité surprise tant attendu.

— Bon... En effet il avait une sacrée envie! s'exclama Pierre Levinski.

Trop occupé à changer de fréquence afin de trouver une musique à sa convenance, il ne remarqua pas le camion arrivant à vive allure sur la petite route étroite.

— Ah enfin, ce n'est pas trop tôt.

À l'extérieur, le garçon qui avait fini sa fausse commission se retourna vers le véhicule au moteur encore en marche.

— Et bah alors, qu'est-ce qu'il attend?

Il fixa longuement le conducteur, puis lui adressa un tendre sourire en faisant trois pas en arrière. C'est à ce moment que l'homme présent à l'avant de la citadine vit la masse énorme du poids lourd apparaître subitement dans son rétroviseur. Il n'eut pas le temps de se retourner que l'impact colossal eut lieu entre le mastodonte et la petite voiture percutée de plein fouet. Celle-ci fut projetée à une centaine de mètres plus loin dans une des prairies, faisant plusieurs tonneaux avant de terminer sa course sur le toit. Mike, qui s'était écarté en courant au moment de l'impact, pressa le pas pour rejoindre la carcasse fumante. À son arrivée, l'état de la dépouille illustrait la violence de la collision. Un nombre incalculable de pièces métalliques, de morceaux de tôle et de débris de verre gisait sur le sol, étalé sur toute la zone autour. Peu importe, sa préoccupation était de savoir si l'individu avait survécu au terrible choc. Il s'accroupit, déplaça tant bien que mal un bout de ferraille, lorsqu'il put enfin apercevoir la victime toujours attachée au siège. Inanimée, la tête à l'envers d'où s'écoulait une quantité importante de sang et des bris de glace enfoncés à plusieurs endroits dans le corps.

— Pierre! Pierre! Est-ce que vous m'entendez?

Aucune réponse. Mike se hissa jusqu'à Levinski pour tâter son pouls, au cou puis au poignet, le refit une seconde fois. Le constat était sans appel, il était mort. Le jeune homme marqua un arrêt, pensif, il accusait l'accomplissement de la première moitié de son plan. La police serait alertée d'un tragique accident, dont le seul occupant serait décédé sur le coup. Le stratège reprit rapidement ses esprits et se releva.

— Parfait.

Le poids lourd s'était arrêté comme convenu en aval, attendant son commanditaire pour repartir. Ce dernier ouvrit la porte et monta en s'agrippant fermement à la poignée. Il glissa sa main à l'intérieur de sa veste et en ressortit une enveloppe épaissie par son contenu, qu'il tendit au chauffeur. Celui-ci s'en saisit, contrôla rapidement le montant, puis ils repartirent sans perdre de temps, quittant ainsi la scène de crime parfaitement grimée.

*

— Je te remercie infiniment. Dépêche-toi d'aller au garage lui refaire une beauté. Cette carrosserie esquintée pourrait éveiller des soupçons.

Les deux individus se saluèrent et Mike s'engagea dans l'allée menant au manoir.

*

Sur ses gardes, il pénétra dans le salon de réception où il avait dix jours plus tôt, goûté à l'excellent cognac de son hôte.

— Je suis à l'étage.

Le son de cette parole fit l'effet d'un coup de tonnerre, le renvoyant instantanément deux ans en arrière, lorsqu'il se trouvait autour de ces enceintes, accompagné de Daniel, recevant les instructions pour continuer l'aventure. Après plusieurs secondes d'égarement, il revint à la raison et son regard s'orienta vers l'escalier en coin, d'où semblait provenir la voix. Le jeune homme s'en approcha lentement, puis il se pencha, apercevant la partie d'une ancienne charpente d'époque, constituée de larges poutres en bois très sombre. Il s'agrippa à la rambarde et commença l'ascension des marches grinçantes. Au fur et à mesure qu'il montait, la scène qu'il s'était imaginée l'empêchant de dormir des nuits durant, apparut enfin à ses yeux. Un individu à la chevelure entièrement blanche, installé à son bureau en train de lire un papier, le nez collé à celui-ci à cause de sa vue amplement réduite avec l'âge et ce malgré une grosse paire de double foyer. Le vieil homme releva la tête et s'émerveilla.

— Bienvenue mon champion ! Je t'en prie avance.

Il enleva ses lunettes et vint saluer son invité, marchant avec difficulté, le dos légèrement courbé.

— Je suis ravi de rencontrer enfin le gagnant de la dernière édition, survolant les autres en tout point et les battant à plate couture ! ponctua-t-il par de petits gloussements.

Mike ne se laissant guère amadouer par tous ces éloges, accepta la poignée de main mais resta de marbre.

— Veux-tu boire quelque chose ?

— Non merci.

— Où est mon fils, il n'est pas avec toi ? interrogea le père inquiet.

— Il est resté dans la voiture. Il souhaitait nous laisser un instant seuls pour nos retrouvailles.

— Incapable de suivre un plan jusqu'au bout celui-ci... Je ne vais pas m'attarder sur l'histoire de notre famille, Pierre a dû t'en dire suffisamment...

Il n'obtint pas de réponse et poursuivit :

— ... tu sais, c'est vraiment important pour nous, rends-toi compte, pour la première fois ce ne sera pas un Levinski qui reprendra le flambeau. Autrement dit, c'est un cadeau à la valeur inestimable que nous te faisons là.

Son interlocuteur ne semblait l'écouter que d'une oreille, trop occupé à contempler l'animal en leur compagnie.

— Ah ! Tu as remarqué la présence de Sully, mon adorable chat.

Le félin fixait continuellement l'inconnu, tout en se léchant fougueusement le dessus de la patte. Il se tenait assis au bord du secrétaire, son regard vert jaunâtre troublait le jeune individu qui se remémorait la description de l'espèce tant courtisée par Anne.

— Il t'a décrypté nos armoiries ?

— Oui également.

Joseph se félicita de détenir l'héritier même de la lignée originale.

— Et bien tu as devant toi le descendant pur du chat que possédait mon aïeule il y a près de cinq cents ans, c'est incroyable n'est-ce pas ?

— Je dois dire que je suis impressionné, en effet.

Le garçon ne lâchait pas du regard l'intrigante boule de poils qui réclamait l'affection de son maître.

— Il est très câlin, cependant il ne se fie qu'à moi et personne d'autre ne peut l'approcher. Il est très méfiant et surtout intelligent. Tu verrais il est malin, mais malin... insista-t-il lourdement sur ce fait, en lui prodiguant de tendres caresses.

Mike observait maintenant le propriétaire des lieux. Ce dernier avait mauvaise mine, l'air fébrile, mettant en lumière un manque évident de lucidité de la part de son fils plus tôt dans la voiture. Il se demandait si son ton jovial était naturel ou s'il faisait bonne figure pour ne rien laisser paraître. Pour lui nul doute, l'individu était assurément en fin de vie, du moins très malade. C'était comme si le personnage évoqué par Holly avait vieilli de dix ou quinze années depuis sa présumée arrestation.

— Ah oui !

Levinski se dirigea vers une grande bibliothèque adossée au mur.

— Je dois absolument te montrer comment nous avons assuré le bon fonctionnement de la confrérie durant les siècles passés.

Il ouvrit délicatement les deux portes vitrées du meuble et se mit à chercher un ouvrage en particulier, parmi les nombreux registres se présentant devant lui.

— Où l'ai-je mis déjà ?

Le jeune homme profita que son hôte lui tournait le dos pour changer de place. Il vint se positionner contre le bureau, s'appuyant dessus avec sa main droite, adoptant une attitude la plus naturelle possible. Conscient de son déplacement, Joseph se retourna.

— Désolé, je ne sais pas à quel endroit j'ai bien pu le mettre.

— Oh mais pas de souci, prenez votre temps, j'ai tout le mien à vous accorder.

Celui-ci replongea dans les étagères pour les fouiller de long en large. Mike saisit l'occasion et se dépêcha d'exécuter la deuxième partie de son plan, quelque peu modifiée au vu de la situation.

— Ça y est je l'ai ! Aïe ! lança celui qui s'était cogné la tête en se relevant.
— Ça va, rien de cassé ? lui demanda-t-il, espérant n'avoir éveillé aucun soupçon.
Le vieillard brandit un grand cahier qu'il vint déposer, puis s'avachit dans son fauteuil en cuir, tout en se frottant le dessus du crâne.
— Oui ça va mais je vois tout tourner.
Haletant, il fermait à moitié les yeux.
— Reprenez votre souffle, il n'y a pas le feu.
L'invité tourna le livre dans sa direction.
— Il est vraiment beau, avec cette couverture en cuir bordeaux et ce marque-page doré.
Il se mit à le feuilleter, tout en s'assurant que son vis-à-vis reprenait des couleurs.
— Vous allez bien ?
Levinski finit de boire au goulot de sa petite bouteille d'eau et s'essuya la bouche avec le dessus de son poignet.
— Oui je me sens mieux, il me faut une dose de sucre pour me requinquer.
Il se saisit de sa pomme posée sur le coin du bureau et en croqua plus d'un quart. Se délectant de cet en-cas, il se mit à questionner son visiteur :
— Du coup quelle est ta décision Mike ?
Il reprit un croc.
— Pardon je n'ai pas compris, qu'avez-vous dit ?
Joseph finit de mâcher son morceau et s'excusa :
— Désolé, qu'est-ce que je suis mal poli à parler la bouche pleine. Je te demandais si tu acceptais notre proposition, Pierre m'a informé de tes hésitations. D'ailleurs que fait-il lui ? Il exagère, ça y est nous avons eu le temps de faire connaissance, ce serait préférable qu'il prenne part à notre discussion.
Le jeune homme se redressa, referma le registre et à la surprise de son interlocuteur, prit soudainement un air hautain.

— À vrai dire...

Il marchait lentement en rond, effleurant du bout du doigt les objets l'entourant.

— ... je ne sais pas vraiment encore...

Muet, Joseph termina son fruit puis se débarrassa du trognon, qu'il lâcha au-dessus d'une petite poubelle à ses pieds. Ce dernier était devenu tendu et très vite l'incompréhension se dessina sur son visage.

— ... disons que cela va dépendre de vous...

Mike revint se pencher juste en face de son hôte.

— ... je vais vous énoncer une devinette, il me semble que vous aimez ça n'est-ce pas? Vous allez devoir y répondre, si vous trouvez la solution, alors peut-être que j'accepterai votre offre.

— Je ne comprends pas ce que vous me dites.

Le concerné devint tout pâle.

— Oh non, continuez à me tutoyer surtout. Je me lance...

Il prenait son temps, faisant durer son plaisir.

— ... qu'est-ce qui apparaît comme la plus déchirante, mais inévitable décision à prendre, lorsque notre animal de compagnie est mourant, condamné si vous préférez...

Le maître d'école se retourna vers son élève et reprit:

— ... mais qui peut également être prescrite à un malade mental, qui a causé la mort de dizaines d'innocents, au cours des cirques organisés pour égayer sa triste vie de merde?!

En finissant sa phrase, le garçon frappa violemment du poing sur le bureau, ne produisant aucun effet chez l'individu affalé dans son fauteuil.

— La réponse, c'est l'euthanasie! Ça commence, vous sentez votre rythme cardiaque s'emballer?

— Espèce de petit enfoiré, que m'as-tu fait? dit-il, peinant à respirer.

— Je vous ai rendu la monnaie de votre pièce, en d'autres termes, je vous fais subir le même sort que vous avez infligé à Steven, vous vous en souvenez ?

Le vieillard détourna son regard vers les restes de son goûter dans la corbeille en métal.

— Oui, ça vous revient ? Vous êtes aussi naïf que votre fils.

Les yeux de Levinski s'écarquillèrent d'effroi.

— Au secours, au secours ! s'égosilla-t-il.

— Vous pouvez crier autant que vous le souhaitez, personne ne viendra. Avant de mourir, je veux que vous sachiez que votre cher Pierre n'est plus de ce monde et que vous allez bientôt le rejoindre.

Malgré tous ses efforts, plus aucun mot ne sortait de la bouche entrouverte de Joseph, qui éprouvait les premières contractions musculaires incontrôlables.

— À la base je comptais vous planter l'aiguille de force dans le cou, mais la présence inopinée de cette pomme a rendu la dramaturgie du dénouement des plus cocasses. Vous trépassez de la façon que vous avez vous-même imaginée.

Il vint au chevet de l'individu agonisant et continua à voix basse :

— Si vous voulez tout savoir, c'est du pentobarbital que j'ai injecté dans le fruit, le produit utilisé par les vétérinaires pour euthanasier les animaux. Deux virgule cinq millilitres suffisent pour tuer un humain…

Il releva le menton de sa victime pour la regarder droit dans les yeux.

— … après les difficultés à respirer et maintenant une sensation d'endormissement, vous arrivez tout doucement à la dernière étape du processus, l'arrêt cardiaque.

*

Garé sur le bas-côté de la chaussée avec les feux de détresse allumés, le taxi déposa le jeune homme devant son domicile, se fit payer et repartit. Mike traversa la maison, serrant contre lui tout ce qu'il restait des Levinski et prit quelques instants pour observer Holly par la fenêtre. Celle-ci jouait avec Macho au fond du jardin. Il fit glisser la baie vitrée et sortit.

— Alors, comment ça s'est passé ?

Elle courut retrouver son mari sur la terrasse.

— Oh mais c'est quoi ça ?!

— Je vais tout te raconter, les choses se terminent bien.

Le chien vint les rejoindre, intrigué par l'arrivée de son maître.

— Je vous présente le nouveau membre de la famille, il s'appelle Sully.

Imprimé en France
ISBN 979-10-406-0400-6
Dépôt légal : 4ᵉ trimestre 2023

Imprimé en France
FRHW010304291123
37213FR00008B/30